W0244300

Petites reines

Jimmy Lévy

Petites reines

Roman

cherche midi

Vous pouvez consulter notre catalogue général
et l'annonce de nos prochaines parutions sur notre site :
www.cherche-midi.com

Direction éditoriale : Marie Misandeau

23, rue du Cherche-Midi
75006 Paris

Mis en pages par Soft Office – Eybens (38)
Dépôt légal : août 2017
ISBN 978-2-7491-5641-5

À mes sœurs, dont je ne sais la tombe.

dans ces parages

du vague

en quoi toute réalité se dissout

STÉPHANE MALLARMÉ,
« Un coup de dés jamais n'abolira le hasard »

1

Printemps

Quand je suis née mon père était mort depuis un bon quart d'heure. C'est la tradition quand la femme du chef clanique accouche d'une fille, on découpe le chef pour le jeter aux chiens. Papa n'a pas eu besoin de me voir tout entière pour savoir que son heure était venue. Comme je suis née par le siège et que ma tête est restée coincée un bon quart d'heure après que j'ai eu les jambes et le ventre à l'air, je n'ai jamais croisé le regard de mon père ailleurs que dans celui des chiens qui le digéraient. Le futur chef clanique l'avait décapité et démembré pour devenir le nouveau chef clanique. C'est la tradition dans ma tribu, on jette les morceaux de chef aux chiens, même s'ils ne sont pas dans leur assiette. Les restes à la nuit tombée font le bonheur des hyènes.

Papa est le premier homme à qui j'ai fait perdre la tête. Il n'a pas eu le temps de voir la jolie mienne. Ma mère non plus n'a guère eu le temps, parce qu'elle aussi devait obéir à la tradition de ma tribu ancestrale et se faire prendre par le nouveau chef clanique, qui lui avait préalablement tranché les pieds au-dessus des chevilles pour lui ôter l'envie de fuir. On ne peut pas dire que c'était un viol à cause de la largeur que ma jolie tête avait laissée à ma mère, où même la dureté d'un zèbre se serait enfoncée sans peine. Le nouveau chef clanique s'est enfoncé et il est devenu furieux de ne pouvoir accomplir la tradition par la faute de la largeur de ma mère. Il a tenté un retournement pour montrer sa suprématie de gloire et sa victoire devant la tribu. Mais par là aussi maman était large de terreur et puante des excréments qu'elle avait expulsés en même temps que moi. Alors le chef clanique a plongé son pouvoir énervé dans la bouche de maman pour lui faire rendre gorge. Plus elle criait et plus il pouvait s'enfoncer, jusqu'à ce qu'il s'exauce et qu'elle étouffe noyée par sa semence.

Quand le chef a été vidé, maman l'était depuis belle lurette, de son sang. Alors tous les hommes de la tribu capables de durcir sont venus sur le corps mort de ma mère s'exaucer pour la couvrir de leur semence. Les vieillards qui ne pouvaient pas s'exaucer ont pissé, vomi ou craché sur elle. On dit que ça compte pareil, c'est pour le symbole de la force supérieure de l'homme qui doit survivre aux femmes qui ont le don magique de la vie. Quand elle a été couverte de semences et d'urines et de vomissures et du crachat des hommes, le sorcier est venu pour libérer son étincelle, et il a dansé autour de ma mère pendant que les chiens la déchiquetaient. Après une heure au monde je n'avais plus de parents. Et je suis devenue la petite reine.

Bien sûr je ne me souviens de rien ni de leur mort ni de ma naissance ni même des chiens qui devaient traîner leurs ventres lourds dans les flaques de semence et de sang. On m'a tout raconté comme si j'étais l'honneur des dieux et le miracle du désert, comme si je devais me réjouir de ma chance. Dans la tradition de ma tribu millénaire c'est une chance de naître débarrassée de ce qui vous a précédé. La petite reine ne doit venir de personne, elle doit aller à tous. Elle est consacrée à l'avenir de la tribu et à exaucer le chef clanique. En me racontant ces souvenirs que je n'ai pas, les vieilles qui me dressent préparent mon règne et mon sacrifice.

Petites reines

Comme toutes les petites reines de ma tribu depuis la nuit des temps, je dois réserver ma fente pour le nouveau chef clanique qui a tué mon père et ma mère. Il m'enfoncera lorsque le temps sera venu des seins qui poussent et du sang qui coule entre les jambes. Et le sorcier dansera sur la couche souillée des noces pour que la semence du chef assure sa descendance.

Je n'aime pas les yeux du chef clanique qui surveillent tous les jours ma poitrine et les pagnes de mon entrejambe. Je n'aime pas ces yeux qui me jaugent comme un quartier d'antilope dont on surveille la cuisson en soufflant sur les braises. Même si c'est la tradition éternelle de ma tribu ancestrale, je ne les aime pas. Dans ces yeux qui me regardent toujours de côté je ne vois que l'éclat de ma mort. S'il découvre que mes seins poussent et que mes pagnes s'empourprent, il viendra en moi autant qu'il le voudra pour que je sois grosse et que je donne la vie, et la mienne du même coup si c'est une fille que je lui fais. Mais il ne me verra jamais morte parce qu'un nouveau chef clanique l'aura découpé avant. C'est une petite consolation que je m'invente. Le deviner dans les yeux des chiens repus de sa viande ne me sauvera pas la vie.

Quand j'y pense je voudrais me vomir de moi-même et devenir tout de suite une vieille aux seins vidés et à la fente sèche, comme celles qui veillent sur moi jour et nuit. Quand j'y pense je voudrais être laide, rusée et usée comme elles. Elles ne sont pas mauvaises et brutales comme le chef clanique, mais pour rien au monde elles ne me laisseraient en réchapper. Comme elles ne laisseraient pour rien au monde le chef clanique me toucher avant que l'heure soit venue selon la tradition. Ses yeux que je déteste me jaugent à distance chaque matin et inspectent l'avancée de son futur festin. Il piétine d'impatience devant ma case dès que le soleil est levé. Les vieilles me sortent du sommeil, me traînent aussitôt devant la case, en pleine lumière, elles me mettent nue devant le chef et me font tourner sur moi-même avec les bras levés au ciel comme les enfants font tourner des toupies de pierre jusqu'à ce qu'elles tombent dans la poussière. Mais moi je tourne et je tiens, je tourne encore, je n'arrête pas de tourner, plus vite, tout défile devant moi comme si je m'en emparais, je tourne de plus en plus vite pour ne rien lâcher, pour ne pas tomber, pour lui montrer par la vitesse tout ce qui lui échappe et qu'il ne saisira jamais, je veux que ses yeux s'affolent et se renversent, qu'ils tournent comme je tourne, qu'ils crèvent et qu'il en crève. Les vieilles jettent mon pagne aux pieds du chef clanique qui s'agenouille pour le ramasser, l'examiner de ses mains fébriles, tout son corps est bandé comme si ses muscles allaient éclater. Il décortique le tissu sous tous les angles, les yeux exorbités, il le frotte sur sa peau, il le respire et parfois même il passe sa langue sur l'étoffe qui enserrait ma fente pour essayer d'y trouver le goût du sang ou de que sais-je d'autre qui ferait couler sa bave, le ferait durcir, et il n'y a rien et il hurle sa colère. Il menace les vieilles et insulte les esprits. Ses guerriers autour de lui l'encouragent et répètent à voix basse ses blasphèmes extraordinaires. Ils l'empêchent de se griffer le visage jusqu'au sang et de se rouler dans la poussière pour extirper son humiliation. Ils font venir le sorcier à grands cris. Le sorcier enflamme mon pagne en invoquant des dieux mystérieux avec des mots d'une langue qui se chante et que lui seul connaît. Son chant ébranle son corps et l'emporte dans une danse terrible. Peut-être qu'il ne sait pas ce qu'il dit et que ce sont les dieux mystérieux qui parlent par sa bouche et qui désarticulent son corps avec des soubresauts effrayants pareils à ceux des cadavres que les hyènes déchiquettent. Personne ne comprend les mots qu'il chante à tue-tête jusqu'à ce que le chef clanique s'éloigne avec ses guerriers en crachant de la poussière. Le sorcier sort enfin de sa transe et me regarde tourner comme si je venais d'apparaître sur terre. Il urine sur les cendres du pagne qu'il avait piétinées pendant sa discussion avec les dieux mystérieux, en sortant sa verge lourde et molle devant les vieilles qui piaillent et s'excitent. Quand il a fini, il leur tourne le dos et s'éloigne en chuchotant des mystères. Je peux enfin m'arrêter de tourner. Je ne suis pas tombée. Et quand je m'arrête c'est tout le reste du monde qui tourne autour de moi, comme si j'étais le centre de l'univers, sa petite reine dont les jambes se dérobent.

Les vieilles lèvent les yeux au ciel quand je leur demande ce que signifie ce que chante le sorcier à ses dieux mystérieux. Elles haussent les épaules et me rhabillent avec un pagne neuf en ricanant doucement entre elles. On dirait que ce branle-bas de tous les matins est la seule chose qui les amuse. Je n'ai pas réussi à savoir si c'est ma terreur ou la rage du chef clanique qui les fait rire. Ou encore les testicules fripés du sorcier qui pendent hors de son pagne et virevoltent quand il est en transe. Ou sa verge longue et molle qu'il secoue devant les dieux. De tout ça rien ne me fait rire. Je suis toujours d'humeur inquiète parce que je sais ce qui m'attend. Cette pensée est toujours là comme un feu au ventre et une araignée dans la tête. Je sais que personne ne me sauvera. Je n'ai pas d'autre famille que cette fichue tribu ancestrale et millénaire. Je ne sais pas parler aux dieux et je les entends encore moins que je ne leur parle. Je ne sais pas amadouer les vieilles pour qu'elles me laissent m'enfuir. Et où irais-je.

Depuis la fin de la saison des pluies mes seins se sont mis à pousser. Je les palpe en cachette et je tremble. Une boule minuscule grossit sous mes aréoles. Les vieilles n'ont rien vu pour l'instant. Si elles s'en rendent compte elles devront le dire au chef clanique et c'en sera fait de moi.

La nuit dernière j'ai rêvé que ma fente saignait. Je me jetais dans la rivière pour me laver. Des poissons tournaient entre mes cuisses. Ils buvaient le sang que l'eau claire dissolvait. Je devrais m'enfuir dans le désert et mourir sèche dans la gueule des hyènes plutôt que de guetter tous les matins ma mort dans les yeux du chef clanique.

Si mon destin s'accomplit dans la tradition ancestrale de ma tribu millénaire, si mes seins poussent et que ma fente saigne, si le chef clanique me prend tant qu'il voudra et me fait une fille, ce sera peut-être l'occasion de lui faire perdre la tête comme à mon père. Mais aussitôt un nouveau chef clanique me tranchera les pieds aux chevilles. Je ne veux pas mourir par la bouche et les pieds comme maman. Je veux rester la petite reine pour toujours, ne jamais grandir, ni être prise, ni être aimée pour ce qui sortira de ma fente. Je voudrais juste qu'on me regarde tourner de loin comme la toupie des dieux. Et si par chance j'accouche d'un garçon, mon fils sera le prochain chef clanique. Dès qu'il saura durcir il choisira sa reine. Je serai sauvée mais rejetée parmi les vieilles, je n'aurai plus les attentions, je ne serai plus la gloire de l'avenir, et toute cette terreur n'aura servi à rien. Moi je veux rester pour toujours la petite reine des montagnes et du désert.

Parfois je rêve que ma vie est un rêve et que je vais me réveiller dans le corps d'un serpent caché sous les pierres fraîches au bord de la rivière. Le chef clanique à ma poursuite me voit sous cette apparence et ne me reconnaît pas. Je glisse ma peau froide à ses pieds sur les pierres humides, je mords à sa jambe et il tombe de douleur et il agonise de mon venin. Il se tord à terre tout boursouflé et son visage se déforme et se fend en laissant voir les scorpions et les vers qui habitent sa tête. Mais ce moment ne dure jamais jusqu'à sa mort dans mon rêve. On me réveille dans mon joli corps à la peau tiède que les vieilles secouent et trimballent dehors parce que le chef s'impatiente de me voir tourner nue. Là je me dis que je suis dans le rêve de mon rêve et que si je tourne encore et encore je vais me réveiller dans le corps d'une gazelle au sommet des montagnes d'où on peut voir le reste du monde. Parfois aussi pour continuer de rêver je caresse ma fente mais ce que je rêve je ne sais pas le raconter. Il faudrait des mots qui n'existent pas, qui se mélangeraient et disparaîtraient l'un dans l'autre comme dans une décoction du sorcier. Il faudrait des mots qui soient une solution, une solution de rêves et de pierres.

Quand je m'éveille de ces mots dissous, je voudrais que la chance arrive et se mêle à mon destin et le change et le défigure. Si je veux que cette chance m'arrive, je dois retenir mes seins de pousser. En attendant de trouver une solution.

2

Juin 2001

Autant l'avouer tout de suite, je suis menteuse. Mieux vaut faire comme si j'étais fausse, un personnage de roman. Mieux vaut dire ça plutôt que des conneries. Vous finirez par m'en être reconnaissants. Vous pourrez vous consoler en concluant : elle n'a pas essayé de nous baiser.

Dès que j'ai su, très tôt, que les romans existaient, j'ai compris que ma vie serait là-dedans. J'ai compris que dans toutes les histoires il y avait une place pour moi. Il suffisait de pousser un peu les personnages, les meubles et les décors et de m'y installer. Je n'ai pas vécu constamment dans cet état depuis cette découverte, mais de plus en plus souvent. Par intermittence quand j'étais qu'une gosse, puis ça s'est accéléré à l'adolescence avec les cuisses et la cervelle en feu. Des parenthèses de vie inventée ont surgi à tout moment. Le présent était barbant à force de disparaître sans cesse, le réel ennuyeux à mourir tant il restait têtu à se répéter. Dès que j'y pense, au présent et au réel, je m'emmerde magnifiquement. Eux, en revanche, ne m'oublient pas. La vioque est bien là, sur cette terrasse en bois bien concrète, à jacasser avec l'océan. Ici et maintenant. Autant dire nulle part. Je ne suis pas plus menteuse que le présent et le réel.

Ce qui m'est arrivé jusqu'ici comme ce qui m'arrive encore aujourd'hui reste à vérifier, je n'ai pas de preuves sinon une longue farandole de presque vérités, de broderies fantasques, d'approximations et d'illusions que je pourrais tricoter et détricoter indéfiniment sans que ça ne m'avance à quoi que ce soit, ou sans que ça vous intéresse plus que ça. Je pourrais arranger tout ça pour que ça tienne à peu près debout, avec renfort d'emplâtres et de jambes de bois, dans un emballage acceptable aux couleurs rehaussées. Je pourrais remplir les lacunes, révéler les ellipses, faire parler ce qui s'est tramé dans les silences. Je pourrais raconter par le menu des détails insignifiants, qui pour le coup prendraient autant d'importance que le reste, et tout deviendrait égal, indifférent, apaisé. Ça pourrait faire l'affaire pour le temps qui me reste. Je pourrais le faire, comme si je réparais. On peut toujours réparer son roman, mais ça ne change rien à l'histoire.

Pour ce qui m'est arrivé dans des temps très lointains, il reste des lambeaux, images décolorées, parfums partiels, poudres en suspension, bric-à-brac de sentiments élimés, une gigantesque brocante de lieux, visages, objets disparus mais toujours en cours de disparition. Rien ne disparaît vraiment, il reste toujours une trace, et quand la trace disparaît elle laisse à son tour une trace, et cette dernière trace de la trace devient une blessure encore plus cuisante que la douleur de la chose disparue. Les êtres et les choses sont toujours moins dangereux que leurs traces.

Les souvenirs changent comme les rêves s en laissant des ombres bleues sur des draps froissés. Les souvenirs se déguisent pour danser au bal masqué de nos regrets, aussi fardés que des vieilles putains. Les souvenirs c'est dégueulasse, ça ne rappelle que ce qui manque, juste pour rappeler que ça manque. Les souvenirs, à partir d'un certain âge, d'une certaine quantité, il faudrait ne plus en avoir, ne plus les accumuler. On devrait pouvoir se vidanger la mémoire dans une fosse commune où on ne reconnaîtrait plus les siens. Les souvenirs c'est une foutue saloperie de punition. À partir d'une certaine dose, on devrait avoir droit à des vacances. Une bonne amnésie, et ça repartirait pour un tour. Tu parles. Rien ne repart et tu croules comme un vieux mille-feuille sous la charge de tes sédiments empilés. Un escargot qui promène son immeuble.

Les souvenirs sont des enfoirés de violeurs et des putains d'assassins. Ils rappliquent la gueule enfarinée, surtout quand on ne les appelle pas, ils font comme si les choses disparues étaient toujours là, tout près, alors qu'il n'y a plus rien ni personne. Et ils repartent après t'avoir bien charcuté la moelle, le cœur et tous les abats et tu te retrouves encore plus seule que s'ils n'étaient pas venus. Les souvenirs ça me tue et je ne peux pas prétendre l'inverse. Pour tuer les souvenirs il n'y a que cette délicieuse maladie qui mange la tête. Mais il paraît que même avec ça on s'en fabrique quand même. Des trucs inventés pour se soutenir de quelque chose. On a besoin de combler le passé à n'importe quel prix, avec n'importe quelle foutaise, comme si on craignait en se retournant de tomber dans le vide. Et même inventés, rebelote, les remords, les amours putréfiées et les vieilles histoires. À ce qu'il paraît ce ne sont jamais les mêmes souvenirs qu'on s'invente avec cette maladie. Mais ça reste des saloperies de souvenirs quand même. Et donc pareil, même punition, ni rien ni personne à l'horizon quand ils se taillent, on est encore plus misérable. Dommage que ce ne soit pas contagieux comme maladie, je ne peux même pas essayer de l'attraper pour me changer les idées. Faudra quand même que je demande à ce connard de docteur Glass s'il n'y a pas une combine génétique pour se faire inoculer l'Alzheimer, ou un charcutage du cerveau pour le provoquer. Quitte à ce qu'il m'envoie paître en me traitant de vieille folle sénile.

Faudra que je le tente. Si j'y pense. La plupart du temps je ne pense à rien. C'est assez facile parce que j'ai plus grand-chose à faire sauf éplucher mes légumes ou contempler le Pacifique au crépuscule sur ma terrasse de bois, en sirotant mon tilleul-vodka. C'est le meilleur moment de ces journées d'été qui n'en finissent pas, un moment que je commence de plus en plus tôt dans l'après-midi et que j'étire si possible jusqu'au soir. Aux dernières lueurs sur la plage, la mousse des vagues s'ébroue dans une effervescence qui crisse et se résorbe dans le sable en sifflant. Il n'en reste qu'une ligne ondulée de lessive salée qu'anéantit la suivante.

Cet éternel recommencement donne la sensation d'une immobilité massive et impénétrable des éléments. On dirait que le ciel, l'océan, l'air, la terre se sont mis d'accord pour perpétuer un mutisme d'airain. Comme s'ils figeaient leur matière pour la mettre à l'abri de toute parole, des cris et des gestes des vivants, dans un temps sourd, immuable. Comme si dans ce saisissement ils cherchaient à dissimuler ce que j'ai fait, ce que je tais. Parfois je m'en absorbe au point de me confondre avec cette masse, je suis comme une statue appuyée à la balustrade de la terrasse. Loin du dédale de Dieu je marche immobile, une pierre en bouche. En gros ça signifie que je ferme ma gueule.

Dans cette torpeur plus rien ne compte, je n'entends ni ma respiration ni les battements du sang dans mes oreilles, couverts par le vacarme des vagues et les gifles du vent. Tout est figé. Je ne regarde plus rien de précis. Elle finit toujours par apparaître. Dans l'éblouissement d'un reflet à la surface de l'eau ou dans l'irisation d'un nuage allumé par le couchant. Elle apparaît plus présente que tous les présents. Elle apparaît et s'offre à moi comme un présent de son absence. Je suis incapable de dire si ça dure une minute ou une heure. Si je bouge elle s'évapore. Ses yeux me sourient même si je sais qu'elle est morte. Elle finit toujours par disparaître avec les dernières lueurs du jour.

C'est l'heure où la baie s'illumine, les photophores scintillent au long de la côte quand la nuit s'affale, si lentement en été. L'air dense et humide imprègne les surfaces et imbibe les étoffes. Été, je n'aime pas ce mot. Touffeurs du passé. Ici en Californie c'est toujours l'été. Parfois une mouette se pose sur la balustrade, presque à portée de main. Elle me regarde d'un air inquiet pendant qu'elle chie sur mes géraniums. Je la regarde aussi et je ne pense à rien. Tant que je l'observe je suis vacante, sauvée. Je crois bien que les bêtes sont là pour nous consoler de nos souvenirs. En tout cas elles essayent, elles se donnent du mal. J'ai longtemps nourri un chat qui refusait toute invitation à séjourner dans ma bicoque quatre étoiles. Au mieux il s'avançait sur la terrasse pour réclamer mes restes et se carapatait aussitôt repu. Il ne s'est jamais laissé toucher. Il avait sans doute peur que je m'attache. Un jour il n'est pas revenu et j'ai compris qu'il me sauvait. Pendant que j'ai pensé à ça la mouette s'est envolée sans que je m'en rende compte. Le seul souvenir qu'elle laisse est une traînée de fiente dans le bac à fleurs. Je ne la nettoierai pas. En plus ça les nourrit, il paraît, les fleurs. Ou ça les étouffe, me souviens plus. De toute façon avec ou sans souvenirs elles finiront par crever. Ma pensée la plus rassurante de la journée.

Quand j'étais plus fringante je ne pensais pas finir mes jours dans une bicoque de cador plantée sur une dune résidentielle d'une plage californienne. Avec tout le confort qu'autorise la fortune. Et toute la solitude qui s'ensuit. Je n'ai pas à m'en plaindre, la solitude est une chance, un cadeau pour les vioques. Plus personne pour vous rappeler que vous avez été, ni qui vous étiez. La solitude c'est du luxe, mon bonus de fin de vie. Indispensable si l'essentiel des journées consiste à regarder chier les mouettes.

Quand j'étais plus fringante j'avais d'autres bonheurs dont j'ai horreur de me souvenir. Des désirs tenaces, euphoriques, toxiques. Il faudrait que mon corps, mon pauvre fantôme de corps décharné, m'explique comment il garde des traces si vivaces de ce passé, alors que je me consacre entière et de toutes mes forces à m'en soustraire. Je voudrais comme la mouette me délester une fois pour toutes de cette fiente et m'envoler sans me retourner. Je voudrais devenir bête. Bête à mourir.

Quand j'étais plus fringante je n'avais pas le temps d'avoir des souvenirs, j'étais trop occupée à me les fabriquer. J'aurais préféré prendre une balle en pleine tête que de n'avoir rien à faire de ma vie. Ou me pendre. J'aurais préféré clamser sur place que de me retrouver là, face à cet océan, à moi-même, à plus grand-chose donc, dans un interminable été.

Pour ce qui va m'arriver à partir de maintenant, pas de quoi s'inquiéter, on connaît la fin quel que soit le chemin. Il suffit juste de patienter.

3

Printemps

En attendant de trouver une solution je pourrais vous raconter mon village, avec des détails de formes et de couleurs et tout ce bavardage qui ne servirait à rien dans mon histoire. Ce serait long et ennuyeux. Vous n'avez qu'à vous imaginer un village au pied d'une montagne de rochers fracassés qui tombent sur un désert vide, et au loin, pour fermer le cadre, une montagne blanche infranchissable. Entre le village et les rochers, une rivière bordée de pauvres arbres fatigués par les vents de sable et le soleil brûlant, qui fait rivière de temps en temps et ancien ruisseau dès la saison sèche. Heureusement les ancêtres avaient creusé un puits près de la rivière pour les temps mauvais. Après, s'il vous faut des détails sur le village, vous y mettez des cases en terre sèche, vous les disposez comme vous voulez en dessinant un grand cercle avec au centre la case du chef tribal, et dans les cases autour les gens de ma tribu ancestrale comme ça vous arrange, pourvu que leur peau ne soit ni noire ni blanche mais entre les deux.

Des gens avec la peau blanche, certains anciens en ont vu passer il y a longtemps. Ils s'appelaient explorateurs et ils venaient nous explorer. Ils ne sont pas restés, on ne devait pas être assez intéressants à explorer. Les vieilles disent que certains ne sont pas repartis vivants. Les chiens qui s'en souvenaient sont morts depuis belle lurette. Ils étaient venus par le désert dans des chars fumants où les chevaux étaient cachés à l'intérieur. Les plus vieilles des vieilles s'en souviennent et me racontent parfois des bouts de cette histoire. Elles disent que les explorateurs avaient des boîtes avec un seul œil pour capturer le temps et voler les âmes et les figer comme se figent les morts. Ils sentaient mauvais comme les morceaux que les chiens laissent pourrir au soleil. Ceux qui sont repartis vivants ont pris la direction des montagnes et on ne les a jamais revus. Derrière les montagnes il y a des Noirs plus noirs que la nuit. Je ne les ai jamais vus pour l'instant et vous non plus. Ils ne vont pas tarder. Les vieilles disent que parfois ils nous font la guerre, et parfois c'est nous qui les attaquons. Elles ne disent pas pourquoi quand je demande. Elles répondent que c'est la tradition ancestrale de notre tribu millénaire.

Elles disent que derrière les montagnes il y a des plaines couvertes d'herbes et d'arbres et de fruits et d'animaux sauvages qui se mangent entre eux et qui mangent les hommes qui les chassent. C'est sans doute pour éviter d'être mangée que ma tribu vit au bord du désert au lieu de mourir de peur dans les plaines herbeuses. Quand le gibier vient à manquer les chasseurs de la tribu partent en chercher dans les montagnes avec le chef tribal. Je pense que vous en savez assez pour imaginer. Et si avec tout ça vous n'imaginez pas, ce n'est pas grave, ça ne changera rien à ce qui va arriver.

Ce matin je me suis cachée derrière un rocher loin du village après que le chef clanique fut venu m'inspecter avec ses yeux sur le côté qui ne me plaisent pas. Il n'a rien vu parce qu'il a vérifié seulement mes seins. Il a grimacé de colère que je sois toujours aussi plate que le désert. Il n'a pas demandé à voir mon pagne. Il a insulté les vieilles qui s'occupent de moi comme si c'était de leur faute. Elles ont baissé la tête tant qu'il criait et se roulait dans la poussière. Comme tous les matins le sorcier est arrivé pour faire son numéro. Le chef tribal est reparti bredouille en hurlant des menaces féroces. Quand il a été assez loin, les vieilles ont ri de bon cœur et caressé ma jolie tête. C'est parce qu'elles ne savent pas, ma fente a saigné pour la première fois à la dernière lune, et les chiens sont venus me renifler comme si on allait me découper. J'ai changé mon pagne dans la nuit et j'ai enterré celui que j'avais souillé sous des pierres au fond de la rivière pour que les chiens ne le trouvent pas. De la rivière je voyais le village sous la lune. Rien ne bougeait et j'entendais mon cœur. Personne ne m'a vue. Enfin j'espère.

Dans ma tribu ancestrale les femmes plates comme le désert n'ont pas le droit d'avoir d'enfant parce qu'on dit que sans les seins elles ne peuvent pas les nourrir. C'est la tradition de ma tribu. Les femmes qui ne peuvent pas nourrir leurs enfants, on leur coupe les mains pour qu'elles ne les prennent plus dans leurs bras. Si elles en meurent on les jette hors du village et elles sèchent dans le désert pour régaler les hyènes. Même les chiens n'y ont pas droit. Sinon ils ramèneraient au village des morceaux de bannies. On donne leurs enfants aux femmes qui ont des mamelles abondantes. Dans la tradition de mes ancêtres c'est important d'avoir des seins pour ne pas mourir toute sèche. Mais pour les petites reines comme moi c'est plus prudent de ne pas en avoir du tout.

On ne peut pas jeter les petites reines au désert tant qu'elles sont des petites reines. On ne peut pas les toucher tant qu'elles n'ont pas de seins. Même si les seins mettent cent ans à pousser. Même s'ils ne poussent jamais. Même si le sang coule à chaque lune. Les vieilles disent que des petites reines dans les temps immémoriaux de mes foutus ancêtres sont mortes vierges à un âge très avancé. On s'en souvient avec la terreur de la punition des dieux et le sorcier se met à vomir sa bile si on en parle. Une petite reine qui n'enfante pas c'est comme une sécheresse de trente ans, il n'y a pas pire. Ce sera peut-être mon sort, de mourir vieille et vierge, si je retiens mes seins de pousser jusqu'au bout.

Vieille je veux bien mais vierge ça je ne pourrai pas. À cause de Nago. J'aime les yeux de Nago et ses lèvres gonflées. Je regarde son corps quand je peux et des larmes de joie coulent sous mon pagne. Il transpire quand je le regarde, il est dur quand il me voit. Il s'arrange pour passer et repasser devant ma case quand les vieilles font la sieste pour voir si je suis là, pour voir si je le vois. Si le chef s'en aperçoit, Nago va perdre la tête pour moi. Et il ne restera pas dur sous son pagne quand ses morceaux danseront dans la gueule des chiens. Alors je retiens Nago de durcir et de m'approcher en attendant de trouver une solution.

Avec le sang de ma fente à la dernière lune, une idée m'est venue.

4

Juin 2001

Putain de blatte. Grosse comme le pouce. Un bon coup d'espadrille et paf. Elle a craqué comme une biscotte. Son jus de chair visqueuse a giclé en forme d'étoile. Faut dire qu'elle avait pris ma tronche pour une piste de danse la connasse. Failli me tomber dans la bouche, cette saleté. Quand j'imagine que j'aurais pu l'avaler en dormant. Pouah.

J'ai dû forcer sur la vodka pour m'assoupir aussi vite sur le rocking-chair, même pas couverte d'un plaid ou d'un bonnet de laine alors que ça caille humide dès que le soleil décarre. Maintenant il fait noir. La lune est en congé. L'océan pisse des rutilances d'étoiles. Tant pis pour le dîner, trop tard, trop fatiguée. Tant pis pour les patates pelées.

Je les mettrai au frais pour miss Hamilton. Elle passe demain comme toutes les semaines pour vérifier que tout va bien, que je ne fais pas sous moi et que je ne suis toujours pas mûre pour la résidence médicalisée. Ils appellent ça l'autonomie assistée, ce que fait miss Hamilton. Une idée de ce connard de docteur Glass. Elle ne s'est même pas rendu compte que j'ai arrêté d'arrêter de fumer, cette idiote. Tiens je vais m'en griller une avant de dormir. Je ferai exprès de laisser le mégot bien en vue dans le cendrier sur la table de la cuisine, à côté de la bouteille de vodka vide. Ça va peut-être enfin lui entamer son éternel sourire d'aide-soignante à domicile pour vieilles croûtes fortunées.

C'est comme ça, je suis en liberté assistée, pour ne pas dire surveillée. Glass est le tôlier, Hamilton son maton. Et c'est moi qui paye. Faut être tarée non. Et c'est même pas une vraie prison. Non, la vraie prison dont les murs et les barreaux peuvent apparaître n'importe quand, n'importe où, au détour de n'importe quelle brise, de n'importe quel mot, ce sont mes putains de souvenirs. La vraie geôle que je balade avec moi, dedans comme dehors, partout, dans mon sommeil comme en éveil. C'est moi, ma taule. Ma boîte à fantômes. À côté de ça, la surveillance médicale est un camp de vacances.

Si j'emmerde le docteur Glass et si je pousse régulièrement à bout miss Hamilton, c'est juste pour me distraire de ma foutue mémoire. N'empêche, ça occupe. On ne sait pas à quel point ça peut devenir précieux, la distraction. À quel point c'est une bouée. Ça demande de la concentration. Et le plus facile pour se concentrer c'est de bien choisir les connards à qui on pourrit la vie pour se distraire. Le pognon te donne ce droit. Payer pour faire chier. C'est follement amusant. Un temps. Mais tant que je m'amuse à ça je ne pense pas à autre chose et je tiens le couvercle fermé. Faudrait qu'un jour je m'offre un esclave à plein temps pour me distraire, pour finir amusée.

Avant de faire la vie à une putain de Marlboro, il faut que je dégage le cadavre de la blatte de mon paysage. Les bestioles mortes, même les plus dégueulasses, ça me fout le cafard. C'est le cas de le dire. Je me prends pour Maradona. Je shoote droit devant. Elle glisse sur le plancher, passe sous la balustrade et tombe sur le sable sans bruit. De toute façon les déferlantes du Pacifique font un tel boucan qu'on n'entendrait pas un Boeing s'écraser sur la plage. Il faut au moins ça, ce vacarme d'écume et de sel, pour apaiser les rêves qui charrient les fragments de ma saloperie de mémoire.

5

Printemps

Le mieux c'est que je m'en occupe moi-même. Mais je ne sais pas tuer de chef clanique. Et si je le rate, lui ne me ratera pas. Les petites reines qui essaient de tuer le chef, on les enferme à vie dans un puits et on leur jette des excréments à manger et de l'urine à boire. Même si leurs seins poussent, plus personne n'en veut et elles finissent noyées dans leur cloaque. C'est trop risqué.

Je ne connaîtrai peut-être jamais Nago, même s'il est toujours dur quand il me voit. Au fond du puits sous les fientes de ma tribu ancestrale, je ne suis pas sûre que son pagne se dressera lorsqu'il se penchera et qu'il ne pourra pas me distinguer des excréments. Alors je me retiens de rater le chef pour trouver une solution.

La seule solution pour que mes seins poussent sans risquer ma vie et pour que Nago vienne en moi sans perdre la sienne, c'est qu'il prenne celle du chef. Le mieux serait que Nago le transperce avec la sagaie du sorcier et que le chef se vide de son sang et qu'il meure dévoré par une hyène ou un crocodile, il n'y aura même pas besoin de le découper avec tout le folklore de la foutue tradition de ma tribu ancestrale. Mais le chef clanique est très fort et c'est lui qui déchire les crocodiles avec ses mains et casse la nuque des hyènes à coups de poing. Ou alors il faudrait que je lui montre ma fente pour l'attirer pendant que Nago lui trancherait la tête et on la ferait rouler jusqu'à la rivière pour que les poissons lui mangent les yeux de côté qu'il pose salement sur moi.

Ce serait sacrilège, même si ça ne se savait pas. Et si ça se savait, on serait perdus. Surtout Nago, et lui je ne veux pas le perdre. Moi je resterais intouchable et réservée au prochain chef clanique, qui sera son frère puîné, Ragi-Oga. Je n'aime pas Ragi-Oga, il a les mêmes yeux qui regardent de côté, mais lui il louche sur les pagnes des garçons et ça le fait durcir. Les vieilles disent qu'il finira au désert si son frère l'attrape.

Sinon une autre solution c'est d'attendre la guerre annuelle avec la tribu voisine des peaux foncées derrière la montagne, quand il y aura la sécheresse et que la faim rend fou. Mais d'ici là mes seins auront poussé et tout sera consommé.

Tout sera consommé de toute façon, parce que le chef n'aime pas mourir à la guerre. Il préfère que ce soient ses guerriers qui s'y collent. Le travail principal du chef, c'est de rester en vie et de m'engrosser. La guerre ne changera rien pour moi.

En attendant de trouver une solution, les vieilles m'apprennent et je tisse des pagnes pour les hommes de la tribu, qui leur servent à cacher la dureté quand ils me voient. Mais au contraire ça ne cache rien et ils pourraient les porter sans avoir à les attacher autour de la taille. Moi ça me fait rire mais eux ils ont les yeux noirs de peur que le chef ne les surprenne. Sauf Nago. Lui aussi il rit, mais il fait attention que le chef ne le voie pas.

Nago est le fils du sorcier et un jour il sera sorcier, quand on aura découpé son père ou quand les dieux l'auront consumé.

D'ici là il ne doit pas venir dans une fille pour ne pas perdre les pouvoirs qui lui sont destinés. Ni dans une fille ni dans sa main ni dans un quelconque animal. Ses pouvoirs sont dans sa semence. S'il la perd en dormant sans le faire exprès, dans un rêve de moi par exemple, il faut brûler la couche qu'il a souillée pour que la fumée de sa semence se mêle au ciel. Lui aussi doit se retenir pour trouver une solution. C'est pour ça qu'il est toujours dur quand il me voit. Et aussi à cause de ma jolie tête et de mes jambes de gazelle et de ma croupe rebondie.

L'autre jour à la rivière Nago a pris des risques insensés. Il m'a parlé. Il m'a parlé de loin en chuchotant mais je l'entendais à cause du charme de sa voix qui enchante mes oreilles et descend jusqu'à mon ventre. Les vieilles autour de moi se racontaient les duretés de Ragi-Oga quand il regarde les fesses des garçons en riant très fort et en battant le linge. Mais moi je n'entendais que le murmure de Nago. Il s'était caché derrière un rocher. Je voyais son ombre sur les cailloux mouillés et je tremblais que les vieilles l'entendent. Il disait son nom et le mien comme une chanson sans fin où à la fin tout se mélange. Au bout d'un moment je tremblais tellement que j'ai dit aux vieilles que j'allais faire un besoin derrière les rochers. Elles ont arrêté de rire et m'ont regardée m'éloigner. Je sentais leurs yeux dans mon dos comme des poignards qui dansent. J'ai évité le rocher de Nago pour ne pas qu'elles le découvrent et j'ai grimpé plus haut, derrière un rocher d'où je pouvais le voir. Il était nu et dur. Mes jambes ont ruisselé. J'ai attendu que les vieilles se remettent à rire et à battre le linge pour lui parler. Je lui ai dit qu'il était fou. Qu'il allait perdre la tête. Il a fait une boule avec son pagne et il l'a lancée à mes pieds. Il m'a demandé de le laver en cachette et de le porter pour l'imprégner de mon odeur. Son pagne était raide comme un cuir séché au soleil. Ses yeux chaviraient. J'ai dit que je le laverais et que je le porterais. Sa semence a coulé dans ses mains.

Je crois que Nago n'a pas envie de garder ses pouvoirs ni de devenir sorcier. Mais dans la tradition de ma foutue tribu, le fils du sorcier qui ne devient pas sorcier ou qui perd ses pouvoirs on doit le brûler vivant pour conjurer les mauvais esprits et sortir de lui les cris avec la fumée de ses os. Ce sont les chiens qui ne sont pas contents. Ils se brûlent les pattes pour attraper les morceaux. C'est ce que racontent les vieilles, parce que moi je suis trop jeune pour avoir vu un sorcier brûler. Aussi je prie pour Nago chaque fois qu'il est dur. Je prie pour qu'on ne le brûle pas. Et je lave ses pagnes en cachette. L'eau réveille le parfum de sa semence qui me fait bondir le cœur. Quand je les ai portés toute une journée et toute une nuit, je les laisse près de la rivière derrière le rocher où il vient les chercher. Mais des fois je les porte avant de les laver pour que sa semence soit au plus près de mon cœur. Je prie pour que personne ne s'en aperçoive.

Les vieilles n'y voient rien pour l'instant et le parfum de Nago sur mes pagnes ne réveille pas leurs narines cramoisies par la fumée des herbes rêveuses qu'elles respirent quand le soleil tombe derrière les dunes. On dit que les herbes rêveuses ouvrent les âmes sans blesser les corps. C'est ce que disent les vieilles qui les fument et ont des corps blessés. Un jour je fumerai avec elles mais j'ai peur qu'on voie l'intérieur de mon âme.

La nuit je prie pour que tous ceux de ma tribu millénaire meurent de la maladie qui vide le ventre par la morsure des serpents, ou par la guerre ou la sécheresse, ou par la foudre et le feu. Tous sauf Nago et moi. Je prie pour une catastrophe, en attendant de trouver une solution.

6

Juin 2001

Rebecca qu'elle s'appelle, Rebecca Hamilton. Je lui donne du miss pour la rendre désuète. Parce qu'elle est tout le contraire. La trentaine triomphante avec des courbes de pute et une bouche à sucer des présidents. Une fois par semaine qu'elle vient, les mardis, mais je crois que je vous l'ai déjà dit. Elle n'annonce jamais l'heure pour que je m'y attende pas et que je n'aie pas le temps de planquer des trucs avant qu'elle se pointe. Du coup je m'y attends et j'ai jamais rien à planquer quand elle débarque. Elle fait ça l'air de rien. On ne dirait pas, à la voir arriver avec son putain de sourire, qu'elle me soupçonne comme si j'avais un cadavre débité en tranches dans le congélateur. En général elle rapplique avec un bouquet de roses ou de glaïeuls qui finissent dans la poubelle dès qu'elle a décarré.

J'aime pas les fleurs coupées. Pour l'instant elle compte les gélules dans la salle de bains pour voir si j'abuse des antidépresseurs. Un peu que j'abuse. Tous les soirs je sors le nombre exact de gélules prescrites par ce connard de docteur Glass. Elles vont direct dans les chiottes, plouf, la chasse et au revoir. J'ai les chiottes les moins déprimées de Californie. En revanche pour la clope et la vodka elle en a rien à battre cette salope. Quand elle a vu le mégot et la bouteille sur la table de la cuisine elle a juste souri et levé les yeux genre condescendant. C'est tout. Elle a continué à sourire. Et si je l'arrose d'essence et que je mets le feu à ses miches je suppose qu'elle sourira aussi.

La prochaine fois je lui paye un coup, j'aimerais bien la voir bourrée et lui faire dire des insanités. Peut-être que je réussirai même à lui faire fumer de mon herbe. Ça aussi c'est un truc de ce connard de docteur Glass. Vertus thérapeutiques qu'il dit. Mon œil. Moi ça me fait gerber, ça ramène des souvenirs pire que s'il en pleuvait. L'herbe, ça fait pas le tri, ça te submerge et ça te balance tout en pagaille, comme une invasion de martiens qui sortiraient des égouts et des conduits d'aération, en même temps qu'ils tomberaient de leurs soucoupes volantes par paquets. Vous voyez le tableau. Un vrai foutoir de souvenirs encastrés, éclatés, méconnaissables, en miettes. Un carnaval de fantômes dans un bordel avec des murs tendus de rouge et de noir. Un bordel plus glauque que ceux de Tanger dans les années soixante. Je l'aurais bien vue dans un bordel la Rebecca. Elle se serait fait son magot, avec sa paire de pastèques derrière et ses melons devant et sa bouche à claper des cornichons géants. Peut-être même qu'elle aurait piqué les clients de ses collègues. Peut-être aussi qu'on l'aurait saignée pour ça. Peut-être qu'un seigneur ou un gangster l'aurait un jour séduite pour la tirer de là. Les hommes se croient toujours obligés de vous sauver de ce pour quoi vous êtes faite. Ils appellent ça être amoureux. En vérité ils te collent une dette. Que tu payes plus longtemps et plus cher que dans un bordel de

Tanger. Elle n'était même pas née, la Rebecca. N'empêche, elle réveille des souvenirs de merde dont elle ne se doute même pas.

Elle sort enfin de ma salle de bains avec le sourire modèle « bravo-le-compte-est-bon-t'as-été-sage-la-vieille ». Le genre de sourire où ce serait elle ma mère. Personne n'a été ma mère depuis que j'ai largué la mienne, connasse, c'est pas maintenant que ça va commencer. C'est plutôt mes chiottes qu'elle devrait féliciter, cette pute. Bravo la cuvette d'accueillir si charitablement la pharmacopée du docteur Glass.

Elle ouvre la boîte de métal dans la cuisine pour vérifier le niveau d'herbe, si j'en fume trop ou pas assez ou quoi ou qu'est-ce. Si elle savait ce que j'en fais de son herbe. Mais bon c'est pas le genre à contempler l'envol des pélicans qui crapahutent sur la plage. Faut dire que c'est tentant les pélicans, leur poche sous le bec on dirait un sac en plastoque de chez Walmart. Une foutue poubelle. Quand je vais sur la plage je leur file mes épluchures et tout ce qui traîne de périmé dans la cuisine, que je mélange avec l'herbe que je ne fume pas. Parfois quand je leur en mets trop, ils planent au ras des vagues à fond de train et ils s'en mangent de plein fouet. Comme quand Chaplin se mange des réverbères, ça fait mal mais ça fait toujours rigoler. Heureusement pour elles, même assommées, ça flotte, ces bestioles. Et après, ça recommence encore et encore. Aucun sens du ridicule. Faut voir comment les pélicans galèrent pour redécoller après avoir bu la tasse. Ils pédalent comme des cinglés sur la surface de l'eau pendant des kilomètres avant d'arriver à prendre l'air. Tout ça pour s'éclater sur la prochaine déferlante tellement ils sont camés. C'est sans mémoire un pélican défoncé. Un bienheureux, qui ne sait foutre rien. Je me dis ça, oui. Il ne faut savoir foutre rien.

Miss Hamilton soupèse ma came en souriant. Cette fois elle me sert le modèle « faut-y-aller-mollo-mamie-sinon-tu-vas-finir-junkie ». Qu'est-ce que ça peut lui faire comment je finis. Vous me croirez ou pas, mais ça lui fait, à cette salope. Elle se soucie. De nous deux c'est elle qui a le plus intérêt à me garder en vie. Elle sourit mais dans son sourire il y a les billets qui sortent de ma poche pour remplir les siennes et celles de cet enfoiré de Glass. Tant que je vis je paye. Ils ont un putain d'intérêt à ce que ça dure.

Hamilton ne dit pas grand-chose en général. Pas bavarde la garce. Et comme je ne réponds rien au peu qu'elle dit, sinon des insultes, ça nous fait des conversations de sourds-muets qui seraient manchots des deux bras parce qu'on ne se fait pas de gestes non plus. Sauf quand je lui montre mon majeur en guise de réponse. On communique juste avec son putain de sourire et mes balancements de tête. Des fois elle tente une question. Une question qui ne demande pas de réponse et que je m'empresse d'ignorer. Des fois je réponds à une question qu'elle n'a pas posée. Ça équilibre. Je ne vois pas pourquoi je lui raconterais ma vie. Manquerait plus qu'elle me raconte la sienne. C'est quoi sa vie, à torcher des débris et à vider des pots de chambre. Toujours avec le sourire. Son putain de sourire. J'imagine qu'elle le pose sur sa table de nuit avant de s'endormir. Une fois qu'elle a bien baisé avec le premier venu.

Enfin elle finit par se casser. Elle dit à la semaine prochaine. Si j'y suis.

7

Printemps

Comme le veut la tradition ancestrale du tréfonds des temps de ma tribu millénaire, seules les femmes qui ont enfanté ont le droit de me parler. Les autres ne peuvent même pas croiser mon regard, elles risquent d'en mourir, je suis la petite reine. Aucune fille de mon âge ne m'approche, leur sang se glace quand je passe. Parfois je surprends des jalouses à me lorgner en chuchotant entre elles du venin, comme si elles lançaient des pierres brûlantes dans mon dos. Mais je ne dis rien au chef clanique pour éviter qu'on les découpe.

Pourtant c'est moi qui les envie, parce qu'elles n'ont pas peur de leurs seins qui poussent, ni de faire durcir les guerriers qu'elles choisissent. Mais je pourrais les découper toutes jusqu'à la dernière quand elles rient du pagne de Nago. Heureusement Nago ne les regarde pas, c'est toujours vers moi que se tournent ses prunelles sombres. Elles se moquent de lui quand il est dur de moi. Elles ne savent pas que c'est parce qu'il me voit. Elles lui chantent par malice des histoires où les hommes viennent dans les hommes, pour qu'il soit couvert de honte. Ragi-Oga, le frère puîné du chef clanique, aime ces histoires et son pagne se lève aussitôt comme la lune derrière les dunes. On raconte qu'il a aimé des chiens et une hyène pour fuir la honte de durcir des hommes. Ce sont les vieilles qui racontent ça, et les trois dents qu'il leur reste prennent l'air quand elles ricanent. Un jour je ferai sûrement durcir Ragi-Oga, quand j'aurai été dévorée par une hyène qu'il attrapera pour lui donner ce qu'il aimerait donner aux hommes. Même si les vieilles et les vierges se moquent de lui, personne ne songe à le punir, parce qu'il est le frère puîné du chef clanique et qu'il ne fait de mal qu'aux chiens et aux hyènes. Je n'aime pas la façon dont Ragi-Oga regarde Nago ni voir que son pagne se soulève quand il fixe ses fesses arrondies. Cette façon de regarder Nago ne devrait appartenir qu'à moi. Je pourrais le tuer pour ça. Les vieilles s'en aperçoivent à cause de mes yeux qui se plissent et du venin dedans. Elles s'en moquent en faisant briller leurs trois dents.

Nago ne prête aucune attention aux malices des vierges et des vieilles, ni aux regards affamés de Ragi-Oga, parce qu'il rêve de moi, sa petite reine. Il rêve de moi dans mes rêves aussi et dans la nuit je me réveille en sueur et ma couche trempée. Dans mes rêves il entre en moi par derrière comme Ragi-Oga dans une hyène et ma fente se fait source. Si Nago rêvait de ce que je rêve sa dureté serait insoutenable. Peut-être qu'il rêve éveillé quand il me voit. Peut-être que c'est sa dureté qui me voit. C'est sûrement pour ça qu'il détourne le regard.

Lorsque mes seins auront poussé et que je serai morte d'avoir enfanté, c'est là que je serai, dans ses rêves. En attendant, je prie pour trouver une solution.

8

Juin 2001

Enfoiré de docteur Glass. Au prix de sa consultation on pourrait nourrir un village entier du Sahel pendant un mois. Et encore il resterait assez de pognon pour corrompre ses chefs, acheter leurs filles et se barrer en vacances avec. Il paraît que c'est le prix à payer pour ne pas finir dans un mouroir de luxe pour décrépits du bulbe et grabataires incontinents. Dixit Glass. Surveiller et anticiper, pour ne pas devenir lourdement dépendante. Pour qu'on ne me refile pas de la pâtée à la petite cuillère et qu'on ait pas besoin de me torcher à toute heure. C'est sa menace favorite : l'hospice. Si je ne consulte pas régulièrement. Si je ne suis pas sage. Si j'en fais qu'à ma tête, que bientôt je n'aurai plus toute. Glass ne dit pas hospice, ni mouroir. Ça lui écorcherait sa gueule trop bien élevée. Il préfère : résidence médicalisée. Ça sonne plus cool qu'antichambre de la morgue. De toute façon j'irai jamais. Plutôt crever en pédalant sur la mer avec des pélicans azimutés.

Le cabinet de Glass, à chaque fois c'est le même cirque. T'as beau te pointer à l'heure c'est jamais ton tour, c'est toujours bondé de vieilles carnes parfumées au lance-flammes. La salle d'attente on dirait un château de chez Disney avec les dorures et tout le tremblement, sauf que les princesses y sont rôties aux UV, tirées à craquer et farcies de collagène du fait qu'elles sont toutes bicentenaires. Une expo de paléontologie. Un zoo d'antiquités. Pour éviter de se regarder entre elles, elles feuillettent des magazines avec les photos de jeunes salopes qu'elles ne seront plus jamais. Je ne les lis pas, leurs magazines de merde, c'est des pièges à souvenirs. Je préfère lire sur leurs corps leurs efforts pathétiques, leurs emplâtres de poudres qui dissimulent mal leurs cous de dinde flapis qui pendouillent sur leurs foulards Hermès. Elles me jettent des œillades inquiètes avec un rictus crispé. Ça me rappelle ma mouette quand elle me regarde en coin avant de lâcher sa fiente. À ce stade on peut plus parler de maquillage, elles sont déjà embaumées, prêtes pour le cercueil, y a plus qu'à emballer. J'en ferai jamais partie, de leur bande de cadavres peinturlurés. Ni d'aucune bande du reste, à part celle des pélicans suicidaires. Je les fixe avec des yeux de folle écarquillés au maximum et ça me fait rigoler à l'intérieur tellement elles paniquent. Elles flippent de me regarder en retour et se mettent à tourner les pages de leurs magazines de plus en plus vite. Si ça continue elles vont faire ventilateur.

Pour égayer l'ambiance je tente un truc. Je balance bien haut, à la cantonade : qu'est-ce que vous êtes belles. Elles sursautent, se regardent, me regardent, se regardent à nouveau. Malaise. Personne ne sait à qui ça s'adresse mais chacune voudrait que ce soit pour elle. En même temps c'est clair elles me prennent pour une tarée. Tu penses, une vioque qu'a même pas la politesse de se faire lifter la façade, ça fait tache. J'en remets une couche pour voir. Oulala que je fais en fixant le Murano d'une tonne qui pendouille au plafond, qu'est-ce que j'aimerais bien être aussi belle que vous. Malaise puissance dix. Ils doivent en baver les types, ils doivent l'avoir comme des Minotaures, que je rajoute pour les achever. Là elles font carrément comme si elles n'avaient rien entendu, elles replongent dans leurs magazines en les feuilletant à la vitesse d'une machine à compter les billets. Du coup ça fait un boucan du diable, un spectacle d'automates qui s'emballent. Ça doit les ramener aux temps révolus où elles se faisaient courser par de jeunes artilleurs du braquemart. Les temps préhistoriques où on les sifflait dans la rue comme des morues à farcir, où on jetait des fortunes à leurs pieds pour qu'elles écartent les pinceaux et laissent passer la cavalerie.

Comme ça me démange de leur craquer le vernis une fois pour toutes, je murmure assez fort pour qu'elles entendent : vieilles salopes. Me regardent surtout pas. Mais ça trémule de l'escarpin, ça gigote dans les fauteuils. L'une part dans une quinte, l'autre se racle la gorge, une troisième soupire en changeant de magazine. Les autres se lancent des œillades noires comme de la bile de piranha. Toutes sont écarlates. Les images remontent à la surface comme une nappe de pétrole qui s'échoue sur leur plage privée à laquelle je viendrais de foutre le feu. Elles se revoient en jeunes gourgandines à la cheville légère et à la cuisse humide, ces antiquités. Qu'est-ce qu'elles ne paieraient pas pour que ce souvenir les remplace séance tenante. Ne serait-ce qu'un court instant. Que ne donneraient-elles pas, ces vieilles croûtes, pour faire encore bander un homme, juste une fois, une dernière fois. Pour provoquer un ultime soubresaut de désir. Je me fous de leur gueule mais je ne vaux guère mieux. Qu'est-ce que je ne donnerais pas pour remplacer mes saletés de souvenirs par un moment d'oubli. Un seul moment de pur oubli.

Faut attendre d'être vieux pour vraiment haïr les vieux. Une, plus écarlate que les autres, sort un mouchoir de son sac en tremblant des mains. Elle croise mon regard et l'évite vite. Pleurez pas, je lui fais, vous êtes déjà morte. Les autres sursautent. Les vieilles ont par-dessus tout la mémoire de leur avenir. Un trou. Une terreur. Je crois qu'elle va chialer. Ou gerber. Victoire.

9

Printemps

Dans la tradition millénaire de ma tribu ancestrale les vierges choisissent les hommes qui les feront femmes. Elles les choisissent le plus souvent à leurs mérites de chasseurs et de guerriers. Même si elles ne plaisent pas à l'homme qu'elles choisissent, il doit venir en elles pour rompre leur virginité. Et s'ils ne sont pas durs, s'ils n'y arrivent pas, ils portent la honte du village et la colère des dieux. On ne les bannit pas mais ils sont condamnés à vivre entre hommes sans toucher les femmes et sans descendance. La colère qui les submerge en fait les guerriers les plus féroces et les chasseurs les plus sauvages de la tribu. La plupart finissent fous d'amour, ou comme Ragi-Oga, dont le nom signifie le serpent qui se mange la queue.

Le chef clanique porte le nom du ciel, Chamah. J'ai celui du nuage, Anoua. Est-ce qu'on a jamais vu un nuage dévorer le ciel. Dans la tradition de ma tribu c'est le sorcier qui donne le nom des nouveau-nés. Il écrit sur le sable rouge des dunes avec ses doigts des signes que personne ne sait lire sauf lui. Plus tard Nago saura les lire aussi, s'il survit quand je serai morte. Le sorcier dit qu'il écrit le nom de la naissance qui est plus sacré que celui de la mort. Dans la tradition millénaire de ma tribu ancestrale, les morts n'ont pas le même nom que quand ils sont vivants. Parce que dans la tradition les noms de la mort ne sont pas révélés dans la vie. Et nul ne connaît son nom de mort à part le sorcier qui les sait tous. Quand il a écrit le nom de naissance sur le sable du désert, le sorcier attend que le vent l'efface. Quand le nom a disparu à jamais il le prononce et on a le droit de le porter. Sauf moi. Personne ne m'appelle par mon nom de nuage, parce que la petite reine n'a pas d'autre nom que la petite reine. Et je n'aurai besoin d'aucun nom si je donne la vie à une fille, car là où je serai personne ne m'appellera plus.

Mais si c'est un garçon que je fais, je deviendrai sacrée comme la déesse des sources et intouchable comme la reine des sables. Tous les guerriers pourront venir en moi sauf ceux qui n'ont pas durci devant la vierge qui les a choisis. Je pourrai même en recevoir plusieurs à la fois par tous les orifices que je voudrai bien offrir. Et tous devront me combler de leur semence, même si Chamah s'en tord la gorge de jalousie, même s'il en crève, c'est la foutue tradition de ma tribu. Je ne serai plus la petite reine, mais la source souveraine, la mère sacrée du prochain chef clanique. Mon nuage assombrira le ciel de Chamah grâce à mon fils. Mais je ne le veux pas, ce fils de la semence de Chamah. Je ne veux pas être la source souveraine. Je ne veux d'aucun guerrier qui vienne en moi ni de la jalousie mortelle de Chamah. Je veux un fils du fils du sorcier. Je veux Nago, qui porte le nom du vent. Le vent qui emporte les nuages.

Pour l'instant mon nuage ne dévore pas le ciel, mais il inquiète au moins sa lumière. Je dérangerai l'humeur du chef clanique tant que je ne serai pas grosse de lui. Parfois il me fixe comme si j'étais une tache de sang sur son costume d'or. Parfois il me tue d'un regard que je ne soutiens pas. Il palpe mon absence de seins, la mâchoire serrée, les yeux pleins de rancœur. Il ne remarque pas qu'ils commencent à pousser, mais moi je le sais, je le sens, ils m'échappent.

Maintenant il vient à toute heure du jour et de la nuit pour me palper, il est à l'affût de mes seins comme d'un crocodile à déchiqueter. Mais Chamah n'est jamais dur quand il me touche, comme s'il se retenait pour le grand jour. Chamah perdrait son aura de chef clanique s'il devenait dur de moi avant le jour de me prendre. C'est pour ça qu'il n'y a rien d'autre à lire sur son visage que la haine de mes seins absents. Dans ces moments-là de sa colère je pourrais mourir par ses mains. Il pourrait briser ma nuque et plonger ses doigts dans mes yeux jusqu'à les vider. Pourtant c'est moi qui vais le tuer, lui, le découpeur de ma mère et de mon père.

En attendant, je prie pour que me vienne ce courage.

10

Juin 2001

Il a dit pas de tumeur. Ni hypertension. Ni insuffisance rénale. Ni respiratoire. Pas d'ostéoporose. Pas d'arthrose. Pas de calculs. Pas de cataracte. Pas de dégénérescence maculaire. Pas de Parkinson. Pas d'arthrite. Pas de lupus. Pas de syndrome de Gougerot-Sjögren. Même pas un peu d'artériosclérose, rien. En pleine santé la vioque. Il a pris une pause. Il a rajouté : pour l'instant. Il y a une petite tache suspecte sur la radio, sûrement un kyste, à surveiller. Probablement bénin. À tout hasard, repasser un scanner et une IRM dans les prochaines semaines. On ne sait jamais.

Enfoiré de Glass. Je lui demande pour Alzheimer. Il fronce ses gros sourcils grisonnants qui font essuie-glace sur ses lunettes. Comment je peux faire pour l'attraper, votre putain d'Alzheimer, que je lui répète, il y a bien un moyen pour choper cette saloperie non. Il me répond en ricanant vous vous foutez de ma gueule chère madame. Et il me refile une nouvelle ordonnance d'antidépresseurs qui vont prolonger la bonne humeur de mes chiottes. Conclusion, Alzheimer ça semble aussi impossible à contracter volontairement que de s'en débarrasser quand tu l'as chopé. Glass balance ça comme une sentence sans appel.

N'empêche, avec ma santé qui pète le feu dont je n'ai que faire et mes putains de souvenirs qui me rongent la couenne, ce serait quand même la maladie idéale pour toucher à la béatitude avant que tout s'écroule. J'insiste quand même. Allez docteur, entre nous on pourrait trouver un truc, une combine, comme pour les dingues qu'on débarrasse de leurs obsessions en leur faisant des trous dans la tête. Une lobotomie vous voulez dire qu'il me demande en m'exhibant son râtelier de requin détartré. Ça le fait marrer. Oui c'est ça que je lui fais, une bonne grosse lobotomie des chaumières qui ampute le cerveau là où se gondole cette putain de mémoire qui sécrète le poison de mes souvenirs. La lobotomie, même au Mexique, c'est plus permis, qu'il me fait en ricanant avec cette suffisance des connards qui dominent le monde. Je lui dis qu'au vu de ses honoraires il pourrait se sortir le scalpel du fion et me trouver une putain de solution pour anéantir ma mémoire. Il me répond que si je continue à délirer il va m'envoyer direct à la Cedar's Institute, exil cinq étoiles pour cadors en fin de cervelle. J'irai jamais, quitte à sauter de l'ambulance à pleine vitesse. Je lui rétorque que le Cedar's c'est pas près de m'arriver, vu qu'il lui faudra d'abord mon autorisation et qu'il l'aura le jour où il bouffera les cactus par la racine en se faisant sucer par des vers de terre. À moins que je vous déclare irresponsable qu'il me balance ce fils de pute, en gloussant toujours avec son rire de bâtard distingué. Les toubibs sont les maîtres du monde. Ils décident de notre place à notre place.

Au moment de le régler je lui demande s'il baise toujours son antiquité de femme ou s'il va aux putes avec mes contributions. Il range mon chèque dans son tiroir-caisse et me parle du syndrome de Gilles de La Tourette, le truc où tu vomis des insultes à tout va sans le faire exprès. Il dit que c'est rare que ça arrive à mon âge, ça aurait dû se manifester avant, faudrait faire un scanner un de ces quatre. Encore un scanner. Je devrais habiter dedans, ce serait plus simple. Il ajoute que ce serait un motif suffisant pour me déclarer irresponsable et m'envoyer croupir chez les déglingués.

Sur son bureau il y a un coupe-papier en argent gravé à ses initiales que je lui enfoncerais bien dans la gorge en l'obligeant à répéter. Mais si je fais ça il va y avoir du barouf, ce sera direct Alcatraz ou le Cedar's Palace, avec des docteur Glass par douzaines matin midi et soir, question de bien vous faire comprendre que vous êtes dans un tel état qu'il vous faut une assistance permanente du corps médical. La vérité c'est que c'est vous qui devenez un putain de corps médical à force d'être examinée à la loupe du soir au matin. On m'enlèvera pas de la tête que la médecine invente des maladies pour s'en mettre plein les fouilles. Mais si tu réfléchis bien c'est pas trop son intérêt au père Glass d'enfermer ses patients chez les dingues ou les grabataires. Sinon qui va lui remplir sa tirelire. C'est pour ça qu'il s'acharne à les maintenir présentables en leur refilant de quoi rester socialement acceptables et bancairement débitables. La gériatrie, pour faire fortune, c'est l'avenir. Comme j'ai rien de maladif pour l'instant, Glass s'arrange pour que je fasse une dépression en me prescrivant les médocs ad hoc. En chargeant cette salope de Hamilton de s'assurer que je deviens bien accro à toutes ses saloperies. Je suis tombée sur le seul toubib au monde qui donne envie de mourir aux bien-portants. Glass ouvre la porte pour que je dégage de son territoire, il a le compteur qui tourne. Au passage il me broie la main avec sa grosse paluche moite, tellement fort qu'on dirait qu'il va en sortir du jus de doigts. Il me dit que je ferais mieux de surveiller mon langage. Je lui réponds : je n'y manquerai pas. J'ajoute : connard.

11

Printemps

Je devais être très petite, je savais à peine marcher, je courais vers tous ceux qui caresseraient ma jolie tête, qui apaiseraient les battements de mon cœur d'un geste ou d'un regard. Mon cœur battait pour un rien. Un nuage, le vent, les chiens qui s'accouplent. Mon cœur pouvait battre d'un parfum, du cri d'une poule qu'on étête, du sifflement d'un serpent dans les rochers brûlants. Toutes les femmes qui avaient le droit de me toucher posaient leur main sur ma petite tête pour l'immobiliser. Je me calmais, jusqu'à la prochaine fragrance, jusqu'au prochain vol de papillon. Je croyais que le monde dégoulinait en moi, j'étais pleine de l'angoisse de ne pas le contenir. Je me rappelle ma peur de ne pas être assez vaste pour accueillir le monde. La même peur revient ce soir, de ne pas être assez vaste pour accueillir Chamah et son venin de vie.

Comme c'est la tradition millénaire de ma tribu ancestrale, les guerriers excitent l'impatience de Chamah et exaspèrent son orgueil de chef clanique. Ils lui disent qu'un seul nuage suffit à obscurcir le ciel. Ils disent qu'il ne sait pas faire venir la pluie, lui qui porte le nom du ciel, et ils rient de lui. Ils disent que je suis Anoua-Caalchi, son nuage de honte. Chamah enrage et les menace de combats singuliers, de blessures mortelles, d'émasculations. Les guerriers se réjouissent de sa rage, qui promet un accouplement vigoureux. Chamah tourne son regard sur moi pour me consumer sur place, et les vieilles sont obligées de faire cercle pour que je ne brûle pas.

Chamah tremble de rage jour et nuit. Le sorcier donne à Chamah le remède pour calmer l'impatience. C'est une poudre blanche et légère comme un vent de sable. Chamah la fume dans une sarbacane et il tombe d'un coup en lui-même. Il devient un lézard de roche, il a les yeux comme des pierres. La vie se retire au fond de son corps froid et il ne sent plus rien de ce qui se passe autour. On dit qu'il rêve les mondes d'hier et de demain, qui se rencontrent en lui. Il est incapable de bouger et fait sur lui, couché sur un flanc à même le sol de sa case royale. Aucune parole ne peut sortir de ses lèvres sèches. Il ne sentirait rien du fer que j'enfoncerais dans ses côtes, des crachats dont je le salirais. C'est là que je devrais l'égorger comme une hyène qui m'a ôté mon hier et mon demain. Mais les guerriers veillent sur lui jour et nuit, et personne ne peut même approcher ses excréments.

Le remède du sorcier doit durer trois jours et trois nuits, pendant lesquelles les mains de Chamah ne sauront rien de mes seins. Cette fois ils poussent même si je les enserre dans des pagnes remplis de ronces et d'épines. Ce ne sont plus seulement des petites boules sous les tétons. Ils prennent le large, je suis submergée. Mes seins me sortent comme des larmes.

Tant que le chef clanique est sur le flanc à regarder dedans par les pierres de ses yeux, il n'en saura rien. Mais lorsqu'il vomira les mondes qu'il a engloutis avec le remède sacré, il reviendra me palper, et ses mains ne seront pas aveugles. Demain ou le jour d'après Chamah s'éveillera. Il se lavera des souillures de son rêve froid et il viendra palper mes seins. Il n'y a que Nago pour me sauver de ses mains. Nago est fort, cette nuit il peut approcher le chef, il peut le découper pour moi et régaler les chiens. Lorsque je lui en parle, les yeux de Nago deviennent des boules de feu, ses lèvres tremblent, et sa dureté s'évanouit. Je lui montre mes seins piqués d'épines, il comprend à leur rebondi le sort qui m'attend. Sa dureté revient plus forte encore qu'avant de voir mes seins. Mais Nago ne doit pas mourir. S'il tente quelque chose, les guerriers qui montent la garde sur le lézard renversé vont le massacrer. Et je ne veux pas perdre Nago, le vent qui souffle sur mes braises.

Ce soir est peut-être le dernier soir de mon avenir. Demain tout sera joué et le chef m'aura transpercée. Et il me transpercera jusqu'à ce que je sois grosse de lui. Et j'attendrai la mort en regardant la vie pousser en moi. Ce soir je veux boire à la source pour enterrer ma courte vie. J'irai sous le pagne de Nago et ma bouche boira sa source.

En attendant la nuit, je prie mais la solution ne vient pas. La solution, c'est peut-être d'arrêter de prier. Ce n'est pas une solution, mais c'est la seule mienne.

12

Juin 2001

Dans le taxi qui me ramène à mes pénates océanes, le chauffeur sikh surmonté d'un turban orange en forme de meringue posé sur sa tronche de pain d'épice me reluque dans le rétroviseur. Il me demande si j'habite seule. Qu'est-ce que ça peut lui faire. Il a l'intention de venir me dépecer la nuit avec un couteau entre les dents ou quoi. Si seulement, que je lui réponds, je serais plus tranquille. Il ne peut pas deviner que je parle de ces saloperies de souvenirs qui me squattent la tête. Il est content pour moi, c'est bien d'avoir une famille autour de soi. Il doit en avoir une, de famille, là-bas dans son pays de sikh, avec des gosses qui courent les rues, beaux comme la misère sur un cliché noir et blanc d'un reporter de guerre sur le mur crème d'une galerie d'art. On a les images qu'on nous inculque, pour moi la misère c'est noir et blanc. Sur le tableau de bord du taxi, il a collé une photo sépia de ses congénères en tenue de fête. Tous sourient face à l'objectif, sauf une petite fille qui boude, assise sur les genoux d'un ancêtre barbu comme un père Noël. J'aurais pu être cette petite fille boudeuse, et mes souvenirs ressembleraient à ça. Je pourrais les imaginer et les écrire. Tant que ce ne sont pas les miens.

Parfois je me demande si je ne suis pas la marionnette d'un ventriloque qui aurait avalé tous les bouquins que j'ai lus pour les recracher dans le désordre. Ça fait un moment que j'ai arrêté la lecture. Comme la radio, la télé, le cinéma et toutes ces conneries qui réveillent la bête à souvenirs. Ça ne me sert pas à grand-chose d'avoir arrêté. Il suffit d'un rien, un bruit, une odeur, une affiche, un chien qui court sur la plage, un nuage, pour ressusciter la saloperie. De tous ces trucs que j'évite, je ne regrette que la lecture. C'était apaisant tant que j'avais l'espoir que ça fasse oublier, mais c'est devenu trop dur parce que les mots c'est vicieux. Les mots trimballent leur propre mémoire. Il suffit parfois d'en lire un au hasard et c'est parti. T'as qu'à essayer, même le mot oubli fait jaillir une de ces saloperies de souvenirs.

Pour en revenir au ventriloque des fois j'ai des phrases qui sortent, quand elles sortent j'ai l'impression qu'elles ne sortent pas de moi. Elles disent ce que je veux dire mais pas comme je veux le dire. On dirait qu'entre mon cerveau et ma bouche un interprète s'est installé pour trier mes paroles et les traduire dans une autre langue que la mienne. Mais la plupart du temps il est débordé, l'interprète. Ça se bouscule au portillon et ça gicle de partout. On dirait un flic dépassé par le bouchon qu'il a créé pour faire la circulation, et qui se retrouve tout seul à contenir une armée de chauffards en furie. De toute façon ça ne regarde personne les mots que je me dis puisque je ne parle qu'à moi-même. Avec les autres je laisse faire l'interprète, question de pas faire d'histoires. Sauf quand j'insulte ce connard de Glass ou les antiquités de sa salle d'attente ou cette pute d'Hamilton. Mais là je fais exprès de mettre l'interprète en congé, parce que ça m'amuse trop de leur parler comme je me parle à moi-même. À voir leurs têtes ça les amuse moins. Ça ne fait qu'ajouter à mon plaisir.

Le sikh me sourit dans le rétroviseur. Il doit viser le pourboire que mon adresse lui fait espérer. J'ai dû lui sourire aussi sans m'en rendre compte. Ses dents sont tellement blanches qu'on dirait des touches de piano. Il dit en me montrant la photo de sa tribu aux couleurs délavées qu'avec eux il n'est jamais seul. Il ne sait pas ce qu'il perd. Je lui demande s'ils sont encore vivants. Il referme son couvercle de piano, son faciès de pain d'épice se plisse en vieille grimace. Il en sait rien, c'est très loin chez lui, pas de téléphone là-bas, le courrier n'arrive pas souvent. Puis il ne dit plus rien. Il regarde la route devant lui comme on regarde un puits sans fond. Est-ce que quelqu'un se soucie encore de lui. Est-ce que quelqu'un s'en souvient. Ses yeux brillent comme des billes noires sous la pluie. Des billes oubliées pour l'éternité. Il a quoi, trente ans, trente-cinq au plus. Déjà un vieillard malade de ses souvenirs. Saloperie.

13

Printemps

Le soleil roule un œil ardent derrière les dunes roses. Le sorcier s'est planté devant moi et les vieilles s'affolent. De son bâton sacré il dessine un cercle sur la terre. Puis il trace une ligne qui coupe le cercle en deux. Un serpent est dans son autre main. Il le jette sur le cercle. Les vieilles reculent en poussant des cris. Je suis figée comme une pierre froide, incapable de bouger. De son bâton sacré il écrase la tête du serpent, qui crache un venin jaune. D'un coup le serpent est mort, langue dehors. Le bâton enfonce sa tête fracassée dans la terre au milieu du cercle. Le sorcier dit que je suis ce serpent si je n'accomplis pas la tradition ancestrale de ma tribu millénaire. Les vieilles se frappent la poitrine en pleurant des suppliques aux dieux. Le sorcier tend son bâton vers moi jusqu'à ce qu'il touche mon front. Tout mon corps tremble. Les sueurs et l'urine coulent à mes pieds sans que je puisse les retenir. Surgi de l'ombre comme un fauve luisant, Nago saute par-dessus le cercle en prenant le bâton sacré des mains de son père et disparaît à toutes jambes dans le crépuscule. Ça s'est passé comme un éclair. Le sorcier reste un instant saisi d'un vertige et se lance à la poursuite de son fils en le maudissant. Les vieilles hurlent des malédictions pour Nago. Je pisse et je ris.

Ce soir mon cœur bat pour un rien. Dehors Nago m'épie caché en se tordant les mains. Je ne le vois pas mais je sais qu'il m'attend. Il ne peut pas croiser mon regard, mais je sens que sa dureté se dresse vers le ciel sous son pagne tendu. Quand les vieilles sont enfin assoupies, je me lève sans bruit et je vole vers lui sous une moitié de lune. Je sors du village, je marche vers la colline de rocailles qui protège du vent du désert. Nago me suit de loin, sans se faire voir, glissant d'un rocher à l'autre, d'un buisson à un arbre, comme un animal des ombres. Pour arriver à la colline il faudra traverser la rivière. Je rêve que les eaux m'emportent et que jamais plus Chamah ne me voie. Nago me rejoint au bord de la rivière et prend ma main. C'est la première fois qu'il me touche. Je me noie au bord de la rivière.

Il me soulève dans ses bras pour me porter et s'enfonce dans le courant froid, dans la surface lisse de la rivière qui nous avale peu à peu. Je tiens sa tête contre moi, je respire sa nuque. L'eau noire monte jusqu'à nos épaules. Il s'arrête au milieu. Seuls nos visages émergent encore. Il me dit qu'il ne sait pas nager. Le fils du sorcier vient du feu et ne doit pas frayer avec l'eau.

Quand j'étais très petite les vieilles me posaient parfois à califourchon sur un morceau de bois pour flotter sur la rivière afin que je connaisse la peur de mourir. Mais je ne connaissais pas la peur. Une fois je suis tombée et j'ai vu leurs pieds sous l'eau, que la surface coupait. On aurait dit une danse de pieds perdus. Elles m'ont tirée de l'eau en poussant des cris et des rires. Elles disaient que j'étais bleue. Moi j'aurais pu rester longtemps à regarder danser leurs pieds coupés. Elles ne voulaient pas m'apprendre à nager pour éviter que je m'enfuie au-delà de la rivière et que j'allume sur elles la colère du chef clanique. La nuit je m'enfuyais à la rivière et j'ai appris toute seule à force de m'y noyer. Sous l'eau qui m'emportait je me suis sentie protégée. J'ai pensé parfois à ne pas remonter.

Nago tremble dans mes bras. Maintenant c'est moi qui le porte avec l'aide de l'eau. Je lui dis de fermer sa bouche, de ne plus respirer. On avance au milieu de la rivière en perdant pied dans l'eau noire, là où le courant est fort. On coule à pic, jusqu'à ce que mes pieds touchent le fond de pierres et d'argile. Nago m'agrippe dans le silence aveugle et je marche au fond de la rivière. Je le sens qui se débat, je le retiens, mes ongles s'enfoncent dans sa chair et j'avance. Il se débat plus fort, me repousse, me mord. Je cherche sa bouche avec ma bouche, je la plaque contre la sienne et je le force à ouvrir pour qu'il respire en moi. Il finit par comprendre. Il se calme. Sa langue touche la mienne.

Au milieu des rochers de la montagne qui descend sur notre village il y a une grotte où les enfants jouent pour se faire peur. Ils font les animaux qui sortent de la terre pour dévorer les vivants. Parfois ils se font si peur qu'ils en rient. C'est là où je m'étais cachée avec Nago le jour où je l'ai choisi. C'est là qu'il a eu sa première dureté. J'avais fait semblant de rien pour ne pas l'embarrasser, mais lui pleurait de terreur. Il voulait encore être sorcier.

Pour un rien, un faux pas, un mouvement hésitant, le courant nous emporterait. Je n'ai aucune idée de la distance qu'il reste à marcher pour émerger, pour respirer. Je sens l'étreinte de Nago se relâcher, sa bouche me quitter. Il se noie. Une force que je ne connaissais pas me brûle du ventre à la tête, je deviens enragée comme les chiens qui disputent des morceaux aux hyènes, comme le sorcier quand il écrase la tête du serpent, comme Chamah quand il palpe mes seins absents.

Lorsque j'allonge Nago sur la rive, sa vie est sortie de lui. J'enrage et je brûle pire que sous les eaux, je voudrais fendre la terre à coups de pied, tuer la rivière de mes mains et dépecer le ciel de mes ongles. Je me jette sur lui, je frappe sa poitrine de toutes mes forces. L'eau jaillit de sa bouche et ses yeux s'ouvrent. Il expire et s'étouffe et crache et pleure et respire en pleurant, comme s'il était né maintenant. Et je pleure et je crie et je ris comme si je l'avais enfanté.

Maintenant nous sommes des animaux sur l'autre rive. Nago me regarde, il tremble encore un peu. Je soulève mon pagne pour qu'il voie ma fente. Nago en devient tellement dur qu'il a mal. Je prends la dureté de Nago dans ma bouche et tout de suite elle m'inonde. Nago dit qu'on le fera brûler de brûler dans ma bouche. Qu'il ne doit pas entrer en moi. Que son père le tuera. Qu'on tuera les vieilles de m'avoir laissé échapper. Qu'on me tuera d'avoir trahi le chef clanique. Que je finirai aux hyènes dans le désert. Je ne réponds rien, je bois sa semence, je suis déjà si loin.

Maintenant je me couche sur un rocher lissé par le vent, encore chaud du soleil du jour. Je lui ouvre mes jambes. Des scorpions glissent entre les pierres autour. L'ombre de Nago s'avance sur moi et me couvre. Nago dit que Chamah ne sera jamais le premier à me prendre. Jamais. Il dit ces mots comme un cri étouffé. Il mord à ma fente, le baiser d'un crotale. Il me boit. Je suis la petite reine renversée, la petite reine vengée. Je veux que Nago me déchire et m'emplisse et m'enlève à Chamah pour toujours. J'encourage Nago, qui ne cesse de m'inonder alors qu'il est à peine en moi. Je lui dis qu'il est beau comme la foudre, que je veux la foudre qui me déchire et me brûle. Il a peur de fendre mon ventre tant il est dur. Il veut renoncer si près du but. Je l'encourage encore, je me moque de ses scrupules, je provoque sa dureté. Il secoue la tête, ses larmes coulent sur ma poitrine. Il essaie encore et me dit que je suis fermée comme un secret. Je retiens mon souffle, je veux être courageuse. D'un coup de reins je m'empale. C'est lui qui crie. Je suis une femme.

14

Juillet 2001

Ce soir pas de mouette pour arroser mes géraniums. Le temps s'est couvert, une bruine tiède picore le bois de la véranda. J'ai poussé le rocking-chair sous l'auvent pour ne pas me mouiller les miches. L'océan accepte, calme et vert, qu'on lui en repasse une couche. La bruine tourne à l'averse quand le vent se lève. Il faisait exactement le même temps le soir où j'ai tué Simon.

Même la météo s'y met pour déterrer les archives. Putain de mémoire à la con. Six mois que le cancer lui bouffait le pancréas et toutes les entrailles autour. Un carnaval de métastases. Faisait rien à moitié, Simon. Un jour il est tombé dans la véranda, à l'endroit où je me pose maintenant pour oublier. Ils ont tout essayé, chirurgie, radio, chimio. En vain, ça proliférait de partout comme les crabes sur la plage à marée basse. Et ça le déchiquetait chaque jour un peu plus. Il n'avait plus de cheveux, plus de dents, plus de regard, il faisait sous lui sans s'en rendre compte. Lui qui avait régné sur Hollywood, dansé sur les étoiles du Walk of Fame, chevauché les starlettes oubliées et les stars oscarisées, pissé sur les gloires éphémères en s'enivrant avec les vrais génies du CinémaScope, il n'était plus qu'un petit bout d'homme ratatiné dans un lit d'hôpital immense où il paraissait perdu. Comme il n'y avait plus rien à faire que le regarder crever, je l'ai fait ramener à la maison. Il en pouvait plus. Il m'a dit : si t'as encore un peu de compassion, arrête-moi cette merde et commande un cercueil en palissandre, le chêne ça me met les glands. J'ai compris le message mais j'ai fait celle qui ne voulait pas comprendre. Il a ajouté : s'il te plaît Mimi. Simon n'était pas du genre à faire des politesses. Et il ne m'appelait Mimi qu'aux dernières extrémités, quand il voulait furieusement me baiser ou quand il était à deux doigts de m'en coller une. Mimi, je ne sais pas d'où il avait sorti ça. Me suis jamais appelée comme ça. Personne ne m'appelait comme ça. Il n'y avait que Simon. Sa façon à lui de tout s'approprier. Jusqu'à mon nom.

Pendant que je rumine tout ça, un pélican s'est posé sur la rambarde. Il s'est fait saucer sévère, on dirait qu'il sort de la douche. Il mate de mon côté pour voir si je moufte. Je moufte pas. Je le regarde ruisseler. On dirait pas mais c'est gros, un pélican. Celui-là doit faire les poubelles du McDrive sur la corniche. C'est pas en bouffant du poisson qu'il a pu devenir aussi balèze. Au jugé il pèse dans les douze kilos. Ça rentre pas dans un four, douze kilos de barbaque déplumée. De toute façon il n'a pas une tronche à se laisser farcir. Et si ça se trouve il est truffé de plastique, ça bouffe de tout ces machins-là. En plus, il a du gasoil plein les pattes, il va me saloper la balustrade. Ça n'a pas l'air de le gêner, le volatile. Il a dû traîner son gros cul du côté du port de plaisance, à crapahuter sur les nappes irisées autour des yachts de cadors.

Simon aussi pavoisait sur un bateau du temps de sa splendeur. Il s'en servait essentiellement pour culbuter des actrices en devenir. La houle ça érotise, qu'il disait. Moi ça me faisait gerber. C'est du reste ce que j'avais fait quand il m'avait emmenée la première fois sur son Riva pour me dépiauter sur le clapotis des vagues. J'avais repeint son futal et une bonne partie du pont en teck. Sur le moment il avait dû remballer ses prétentions. Il a remis son gigot dans le torchon et ça s'est terminé en levrette dans un motel de luxe. Une piaule qui ressemblait plus à un baisodrome de compétition qu'à un havre de paix où s'épanchent les cœurs. En tout cas c'est pas ce jour-là qu'il s'est ruiné, en un quart d'heure c'était plié. Il aurait même pu demander une ristourne, vu qu'on n'a jamais eu le temps d'atteindre le plumard. Au total j'avais passé plus de temps sous la douche qu'à quatre pattes sur la moquette.

Après quoi il m'a emmenée béqueter dans un rade de nantis à Beverly Hills pour me faire oublier que j'avais les genoux pelés comme des oignons. La moquette en synthétique c'est pas idéal pour la levrette. Heureusement je portais une robe d'été à mi-mollet comme c'était la mode à la fin des années cinquante. Une époque où une cheville fine dans un escarpin à talon aiguille suffisait à dresser le marin et à lever l'ancre. Le reste, genoux, cuisses, fesses, culotte, fallait imaginer. Ça imaginait sec à l'époque. Me suis fait reluquer comme un cornet-surprise en entrant derrière Simon dans le resto. On aurait dit que c'était marqué sur ma tronche que je venais de me faire déglinguer. J'avais jamais goûté de caviar, le homard je ne connaissais qu'en décoration dans un aquarium. Le Petrus aidant, on s'est ouvert nos âmes. Surtout lui, vu que j'étais pas tellement supposée en avoir en tant que femelle. J'ai eu droit à la liste des pouffiasses plus ou moins connues qu'il avait tringlées sans suite. Et à celle de toutes les connasses célèbres qui lui avaient brisé le cœur. La picole le rendait romantique. Limite mièvre. Quand on s'est attaqués à la vodka, il a viré passionnel. Au dessert il m'a demandée en mariage. J'avais vingt-trois ans. Il avait oublié mon prénom. Je lui ai collé une gifle.

15

Printemps

Nago me transperce pour la quatrième fois, et pour la quatrième fois il m'inonde en pleurant des cris de joie. Je ne sens rien du plaisir que je lui donne. Je m'habitue à le laisser plonger à ma source. En restant assoiffée. Ses genoux et ses coudes se sont écorchés sur la pierre, sa peau est une rosée, sa bouche une rivière, et les étoiles de la nuit se retirent dans ses yeux. Il tombe étendu à côté de moi, nous respirons plus fort que le vent. Je pense à Chamah et je ris.

Nago croit que je me moque de lui. Il me regarde avec ses lunes sombres de terreur. Comme je ris tellement, je ne peux pas lui dire. Je ris, et Nago a peur. À cause du rire qui me tord le ventre, ma fente rejette un peu de sa semence sur la pierre humide, avec un bruit de fruit mûr qu'on crève. Je ris encore plus, et ça recommence, ma fente douloureuse clapote comme un chien qui pète. Nago écarquille ses billes et se redresse, il tremble de fureur. Sa main saisit ma gorge pour que je m'arrête. Il va m'étrangler parce que je ris. Des larmes jaillissent de mes yeux, j'étouffe. Il serre plus fort, je ne ris plus. Il durcit de mon souffle qui se retire, de ma bouche ouverte comme un puits sec. Nago me maudit, il ne sera jamais sorcier, il ne sera plus rien. J'arrache mon bassin à la pierre, tout mon ventre se tend au ciel avec mes cuisses ouvertes pour qu'il m'empale. Mes coups de reins claquent dans le vide, effleurant sa dureté qui bat l'air. Il serre plus fort, les os de ma nuque craquent comme une noix qu'on brise. Je me sens rentrer dans la pierre, mangée par le rocher. Nago plonge sa dureté jusqu'au fond de mon ventre comme un poignard de feu. La foudre et les éclairs et la terre qui s'ouvre et le ciel qui tombe et les dunes qui dansent sous la lune m'ensevelissent.

Le monde s'est arrêté comme le souffle dans ma gorge étranglée, mes yeux se sont renversés à l'intérieur, j'ai vu le soleil dans mes seins et le fleuve dans mes reins, et Chamah découpé qui riait, et les chiens qui le dévoraient, et ma mère qui pissait sur les chiens qui avaient mangé mon père, et mon père en morceaux vomi par les chiens, et ses morceaux qui roulaient dans le sable, le vent les emportait sur une dune dorée où ils se recollaient, et mon père renaissait, il souriait, il revenait, ma mère l'attendait avec un nouveau-né sanguinolent dans ses bras, et elle lui exhibait la dureté du bébé comme un haricot sacré, le sorcier crachait des flammes bleues, la tribu dansait de joie, et je n'étais jamais née.

Nago m'a réveillée en me serrant contre lui, je ne respirais plus, et il pleurait de croire qu'il m'avait tuée. Ses larmes avaient lavé mon visage. Quand j'ouvre les yeux, sa joie est si grande qu'il lèche mes yeux, mes joues, mon nez, mes mains. Je dis à Nago qu'il n'a pas besoin d'attendre la mort de son père pour devenir sorcier, il l'est déjà, il m'a ramenée à la vie. Il rit en embrassant ma bouche et mes seins qui poussent à vue d'œil. Je lui demande de me tuer encore.

À la sixième fois que Nago me prend, je comprends qu'il faut mourir pour toucher le plaisir. Pour survivre à la mort. Je comprends qu'il n'y a ni père ni mère ni monde, là où je perds pied sous les reins de Nago. Il n'y a plus de solution à trouver, ni de peur des seins poussés. Plus de tribu ni de chef clanique. Il y a seulement cette brûlure glacée dans le corps incendié, la foudre de Nago qui déchire la porte du ciel.

Lorsqu'il s'arrête, je suis au bord d'éclater. Pour la sixième fois sa semence m'éteint au lieu de me dévaster. J'ai envie de le mordre et de le dévorer comme une chienne aux pattes brûlées sur les cendres du bûcher. Je le frappe au visage pour qu'il recommence. Je le supplie de me faire mourir avant que le jour vienne. Nago ne comprend pas mes paroles. Il croit que le plaisir me rend folle, alors que c'est le presque plaisir qui me ravage. Il prend peur. Je le retiens. Mes ongles pénètrent dans la chair de ses épaules soyeuses. Son sang ruisselle le long de mes doigts sans qu'il dise un mot. Il détourne les yeux vers les dunes.

Je regarde sa dureté qui sommeille sur sa cuisse et je pousse un cri d'épouvante. Un scorpion blanc se tient dressé sur le bout, le dard déployé, prêt à frapper. Nago sait qu'il ne faut plus bouger, plus trembler. Depuis l'enfance dans la grotte, il sait la vitesse de la mort que le scorpion peut donner. Il sait qu'il n'y a pas d'autre choix que de le laisser décider, et espérer qu'il va renoncer. La queue diaphane du scorpion est gorgée de venin, il suffit d'un souffle pour qu'elle cingle. Nago murmure qu'il va mourir par là où il a péché. Il croit que c'est son père dans le scorpion, son père réincarné qui vient reprendre la vie qu'il a donnée. Je le supplie de ne pas bouger, d'arrêter de parler. Mais Nago ne sait plus s'arrêter, il voit sa dernière heure et son père sur un bûcher, les larmes de ses yeux et la sueur de son corps ne cessent de couler.

Je roule mon pagne pour frapper le scorpion. J'approche comme le serpent, sans lui faire d'ombre ni remuer le moindre souffle d'air. Nago me supplie de faire vite, il se retient d'uriner de peur. Je soulève le pagne. Le scorpion tressaille et recule, accroché au bout de Nago, qui lâche un jet d'urine. Je frappe. Nago hurle. Le dard sans corps reste planté comme les plumes de rapace sur la coiffe de son père. Le scorpion sans queue tombe dans une fissure, Nago tombe à la renverse, déchiré de douleur. Je me jette sur le dard que j'arrache de mes dents et je suce le venin de toutes mes forces, ma bouche s'enflamme de poison brûlant qui dévaste mes joues, ma langue et fait crisser les dents. Je crache à en vomir. Nago se tord, secoué par les fièvres. Sa dureté gonfle, devient énorme comme une ruche de guêpes, écarlate, plus raide qu'un poignard de fer. Je sais que Nago est en train de mourir, il me regarde et il sait que je sais. Il ruisselle, il se met à trembler de tout son corps, la bave qu'il crache se mêle à ses larmes. Il me supplie de le tuer pour que la douleur cesse. Il me montre la lame de son poignard avec un regard suppliant. C'est Chamah que je voudrais égorger à cet instant. Chamah et sa loi maudite qui nous ont exilés sur ce rocher où veillent les scorpions blancs.

Les yeux de Nago deviennent onyx, ils fixent sa dureté gonflée de mort écarlate. Il ne peut plus bouger, plus parler, il s'étouffe. Je veux le délivrer, délivrer la petite reine. Je chevauche sa dureté raidie de venin qui me transperce le ventre. Je prie pour qu'il vienne comme une solution. Je le chevauche à en mourir. À en perdre la tête, la vie.

C'est la septième fois que Nago me prend, et c'est la première fois qu'il n'y a plus de presque. La jubilation vient avec son dernier souffle. Après je ne sais plus. Je me souviens avoir pensé qu'il a su ma jubilation avant de partir. Je me souviens de m'être réconfortée de ça dans ma dévastation.

Lorsque je le retire de moi, Nago est froid comme le serpent, sec comme une ronce. Son nom de vent n'appelle plus personne. Le soleil de l'aube réchauffe la grimace qui tord sa belle bouche. Mon ventre brûle de sa semence mêlée au venin. Nago était mort quand il m'a inondée pour la dernière fois. J'ai gardé sa semence en serrant mes jambes, pour qu'elle me tue aussi.

Je veux mourir pour que Chamah ne palpe plus jamais mes seins. Ils ont jailli de moi, en une nuit, comme deux pointes de flèches qui m'empoisonnent. Je veux mourir de n'avoir été qu'à Nago. De sa seule jubilation. Sur la roche qui le porte, la lame de son poignard réfracte un rai aveuglant. Sa dureté reste dressée vers le ciel violet, où tournent déjà deux milans noirs.

16

Juillet 2001

L'averse vire à l'orage. Des éclairs démasquent ce que la nuit nous vole. Le tonnerre vocifère à la suite, les bourrasques s'accélèrent. Le Pacifique déferle en cadence, son encre se soulève en crêtes d'écume qui vrillent et s'entrechoquent. Tôt ou tard la Californie sera engloutie. Tout le monde le sait, mais personne n'y pense. Là-bas, au large, sous les abysses, une faille peut avaler le monde.

Je remonte mon plaid jusqu'au menton, ça me fait frissonner et légèrement osciller le rocking-chair sur lequel je me recroqueville pour affronter la tempête. Si seulement elle pouvait m'emporter. Ou au moins mes putains de souvenirs. Ils ressurgissent comme des zombies, des morts-vivants que la pourriture du temps rend méconnaissables. On dit que le temps idéalise le passé. Tu parles. Chez moi il défigure. Ça ressemble plus à rien, mon fatras, pas même à une vieille photo délavée où les visages se confondent. C'est toujours au bord de l'effacement. Ça ne s'efface jamais complètement. Ça se mélange et ça revient en bouillie dans la marmite de sorcière qui me sert de tête.

Englué par ses pattes pétrolées à la balustrade, le pélican médite. Il ne bouge pas une plume. Il a rentré sa tête dans ses ailes pour offrir le moins de résistance au vent. Ça ne l'empêche pas de zieuter la porte de la cuisine qui valse en grinçant au gré des rafales. Il irait bien dévaster le garde-manger. Et se mettre au sec dans mon living en sirotant mon bourbon. Pis quoi encore. Et pourquoi pas pieuter sous ma couette, tant qu'il y est, pour me tenir chaud. Il en serait capable, ce bougre d'emplumé. Il a une tête de consolation. C'est plus de mon âge ce genre d'expérience.

Simon aimait ça, les expériences. Surtout avec moi. Surtout au début. La banquette arrière de sa Cadillac Eldorado, une cabine téléphonique sur Mulholland Drive, les chiottes de la gare centrale, la piscine du Beverly Hills Hotel, le local à poubelles d'une résidence d'immigrés mexicains, le bureau de sa comptable, la salle d'attente de son psy, l'arrière-cuisine d'un diner paumé sur la route de Vegas. J'en passe et des plus glauques. Je ne voulais pas me l'avouer à l'époque, mais avec moi Simon avait changé de compulsion. Au lieu de se taper le plus de filles possible, il se tapait le plus d'endroits possible avec la même fille. Ça ne collait pas avec le personnage. Je ne savais pas encore s'il s'attachait ou s'il cherchait à m'essorer jusqu'à la dernière goutte avant de passer à la suivante. J'imaginais seulement qu'il me quitterait du jour au lendemain, comme toutes les autres. Avec un chèque et sans explications. Qu'est-ce qu'un Gatsby en pleine bourre, avec tout Hollywood prêt à lui sucer les orteils en lui cirant les pompes, irait faire d'une Peau d'Âne fraîchement débarquée de son Midwest natal avec des étoiles plein les mirettes et du purin sous les sandales ? Un cliché de roman-photo. Le mieux que je pouvais espérer, c'était qu'avant de me congédier il me mette un pied à l'étrier. En me donnant ne serait-ce qu'un petit rôle, une apparition si possible dénudée dans l'un des péplums qu'il produisait à la chaîne. À partir de ça j'étais assez naïve pour croire que la chance me sourirait. Je taperais dans l'œil d'un autre gogo, un acteur, un producteur, un réalisateur ou un milliardaire. Mais ce n'est pas ce genre de rôle que Simon imaginait pour moi. Il avait du mal à me concevoir autrement qu'à sa merci, jambes écartées et culotte en vadrouille. Une obsession qui ne faiblissait pas. Celle de la propriété.

Je ne sais pas pourquoi ces débris anciens refont surface ce soir. Ça pisse de partout et ça remonte en tous sens. Je ne suis qu'une bouche d'égout qui refoule sans relâche. Je me donne la nausée. Celle des incontinents qui baignent dans leurs excréments. Qui surnagent dans leur merde. Je deviens une incontinente de la mémoire. La faute aux mouettes, aux pélicans, aux averses, à la nuit. À la solitude aussi. La solitude je l'ai bien cherchée. Et elle m'a bien trouvée. La compagnie des humains est devenue une tare. Ça distrait certes parfois, mais tout autant que ça encombre. Ça soulage autant que ça empoisonne. Il suffit qu'un détail de leur comportement, de leur tenue, de leur parfum ou de leur intonation te rappelle quelque chose, quelqu'un, et c'est reparti pour les égouts du passé. La compagnie, à la longue, ça te fait te sentir plus seule que quand tu l'es. C'est juste une attestation de ta solitude. Une augmentation. Une entrave à sa liberté. Moi ma liberté elle commence là où j'entrave celle des autres. Ceux qui prétendent le contraire, qui vous chantent le couplet de la liberté qui s'arrête là où commence celle des autres, sont des faux-culs de compétition. La seule liberté dont on dispose avec certitude, c'est celle de marcher sur la gueule des autres. D'une manière ou d'une autre on en arrive là. Qu'on le veuille ou non. La grande trouvaille de la modernité, c'est que tu ne vois plus la gueule sur laquelle tu marches. Tu sais qu'elle existe, dans un bidonville de Caracas, dans une mine d'or en Indonésie, dans un village du Darfour ou à la caisse de ton supermarché. Elle est lointaine, anonyme. Tu la vois pas mais tu l'imagines. Comme un rêve. Le même que sur ta télé avec les images de la misère, les visages de la souffrance derrière l'écran qui te protège. Derrière l'écran, la gueule sur laquelle tu marches. Toi, à l'abri. Elle ne pissera jamais son sang et sa morve sur ton tapis. Elle ne viendra pas agoniser dans ton jacuzzi. Ça ne débarquera pas dans ton salon pendant que tu prépares ton thé. C'est à peu près de ce goût-là, ta liberté. Aussi dégueulasse et nécessaire. Aussi solitaire. Avec l'âge j'aurai au moins appris ça. Ça ne me sert pas à grand-chose de le savoir, sauf à éviter autant que possible la compagnie des humains. Ou à continuer de les faire chier. Autant marcher sur la gueule de ceux qui vous la tendent.

L'averse redouble et la foudre frappe l'océan. Il y avait aussi des éclairs et du tonnerre le soir où j'ai versé à Simon son dernier verre. Il l'a avalé lentement, avec difficulté, à petites gorgées, pendant le déluge. C'était il y a longtemps, plus d'une décade. J'ai pas retenu la date. Je le lui ai dit, à la date : toi, je te retiens pas. Depuis, j'ai viré tous les anniversaires de mon agenda. Les anniversaires, quand t'es vioque, c'est plus que des commémorations. Le calendrier de tes disparus. Un pense-bête pour masochiste. Pourtant la mort de Simon c'était hier, il me semble. Ou ce soir. Comme si chaque soir d'orage elle venait se reproduire. Il n'y a pas de temps quand on se souvient. Tu ne sais plus s'il se dilate ou s'il se contracte. Les souvenirs, ça tue le temps, littéralement. Et ça te tue pendant tout le temps que tu te souviens.

Petites reines

Ce connard de Glass s'obstine à me répéter que j'ai qu'à penser au lendemain, ça me déprimera moins. De demain je ne sais rien. Je ne sais pas s'il y en aura un. Je sais juste qu'un jour il n'y en aura plus. Voilà en gros ce que je pense quand ce connard de docteur Glass essaye de me remonter le moral. Si je me souviens bien.

17

Printemps

Les vieilles me voient revenir au village en poussant des cris d'épouvante. Certaines se prosternent et se jettent des poignées de terre sur la poitrine. Les plus jeunes se sont resserrées et bondissent sur place comme une grappe de cafards hurlants. Les guerriers en armes ont fait cercle autour de la case du chef clanique. Le sorcier emplumé pour les grandes occasions brandit un totem protecteur en piétinant des braises. Les chiens et les enfants courent de toutes parts. Tous ont un mouvement de recul quand je m'avance.

Je suis couverte de sang. Dans une main je tiens la lame de Nago et dans l'autre je serre son sexe coupé. Ce soir, l'une ouvrira la gorge de Chamah, pendant que l'autre, enfoncé jusqu'au gosier, étouffera ses derniers râles.

Mais je me trompe, cette folie qui s'empare de ma tribu ancestrale ne me concerne pas. Je croyais qu'ils criaient pour moi. Pour le sang sur mon pagne et le sexe de Nago dans ma main. Pour le mien aussi, déchiré sept fois. Ma source ruisselait sur mes jolies jambes des coulées de venin de scorpion mêlées au lait de vie sept fois volé à Nago. Je croyais, en voyant les guerriers affolés, le sorcier bondir, les lamentations des femmes, qu'ils voulaient en finir avec moi. Que Chamah allait sortir de son sommeil de roche, de ses vomissures, de sa case sacrée, pour me prendre et me déchiqueter. Que le chef clanique souillerait la vierge dévergondée avant de la jeter au puits des déjections, pour que je meure noyée sous leurs fientes en avalant leurs urines. Je croyais que je n'aurais plus le temps, avant son réveil, de trancher la gorge de Chamah et de l'étouffer avec le sexe de Nago enfoncé dans sa bouche immonde.

Mais Chamah ne se réveillera pas. Son rêve de pierre l'a emporté, à l'heure du dernier souffle de Nago qui se vidait en moi. La terreur avec laquelle tous me regardent est une dévotion. Elle me signifie que je suis maintenant la petite reine souveraine, la mère des sources, la femme et la fille de tous. Tout est oublié par mon avènement. Mais rien ni personne ne me rendra Nago.

Le sorcier pose sur mes épaules le manteau de mangouste, et sur ma tête les cornes de gazelle serties de pierres taillées. Il enserre mes poignets et mes chevilles avec les bracelets d'or et de cuir travaillé. Les guerriers s'accroupissent sur mon passage, se recroquevillant sur leurs duretés luisantes. Les femmes baisent mes pieds, mes mains, et lèchent mes jolies jambes pour les laver avec leurs baves dévouées. Elles avalent mes ruisseaux de venin et de sperme, qui font mouiller leurs fentes. Elles s'empoisonnent de mon amour. Qu'elles en crèvent.

Dans la case de Chamah, son corps boursouflé, à la renverse, déverse ses fluides puants sur sa couche. La tradition millénaire de ma tribu ancestrale veut que je le découpe et le jette aux chiens. Chamah est mort d'impatience, d'avoir voulu la tromper avec des songes de pierre. Il ne palpera plus jamais mes seins recroquevillés qui maintenant bondissent de ma poitrine, pas plus qu'il n'entrera dans ma source brûlée par le miel de Nago. Le règne de Chamah finit comme son désir de moi. Inassouvis. J'urine sur ses chairs avant de le découper avec la lame de Nago, je crache sur les morceaux, je fais ça avec le plaisir de la rage. Les chiens ne voudront même pas de ses restes infects, pas plus que les charognards auxquels on les jettera au désert. Et je ris dans mes larmes.

Je ris de ce mélange sorcier qui s'accomplit en moi de tristesse et de jubilation, de carnage et de résurrection, je ris du sort et de l'ironie, de la noyade et de la survie, des seins poussés et des fichus mystères, des scorpions blancs et des prières.

Je ne prierai plus pour trouver une solution. Je suis la solution.

18

Juillet 2001

On est pourtant pas mardi. Mais cette pouffiasse d'Hamilton s'est pointée au beau milieu de l'après-midi. Je la surprends à dépiauter mes placards quand je sors de ma sieste. Elle inspecte méthodiquement avec sa tronche habituelle de sainte-nitouche qui fouille ta merde en loucedé, en promenant ses nichons de salope à se faire prendre par un bataillon de marines dans les sous-sols d'une caserne. Elle examine les cadavres de bouteilles de vodka sur la table de la cuisine et le cendrier plein à ras bord que j'ai mis au beau milieu pour qu'elle ne le loupe pas. Elle me gronde avec ce putain de sourire bienveillant qui me donne immédiatement envie de lui péter les dents. Qu'est-ce qu'elle fiche là. On n'est pas mardi, merde. Contrôle surprise, qu'elle me fait en commençant à compter mes pilules. Ordre du docteur Glass. Enfoiré. Enfoirée. Enfoirés.

Elle a posé un bouquet de tulipes sur la table. Elle dit que c'est pour moi. La tulipe, c'est la fleur la plus dégueulasse de la création. Ça ne sent strictement rien et ça ressemble à du plastique moulé à Taïwan. Autant m'offrir une boîte de

Lego, au moins je pourrais la lui jeter à la figure pour qu'elle arrête de sourire. À côté de son bouquet immonde, il y a un gros paquet de couches pour grabataires incontinents. Comme je le pointe du menton avec un air mauvais, elle me rassure, ce n'est pas pour moi, c'est pour monsieur Gerber. Sûrement un schnock décati qu'elle doit astiquer à domicile contre un gros billet. Je lui demande si elle le suce avant de lui mettre sa couche. Comme d'habitude elle ne répond pas. Elle fait comme si elle n'avait rien entendu. Là je me fais un plaisir de répéter, en plus fort et plus salace. Il te refile combien pour que tu lui pompes sa vieille saucisse ramollie. T'as pas l'impression de mâchouiller un chamallow. Elle sourit de plus belle. Pourquoi elle les a apportées chez moi, j'en suis pas encore à me faire dessus, elle aurait très bien pu les laisser dans sa voiture. Elle répond qu'elle s'est trompée de patient, ça arrive. Tu parles. Vicieuse, la pute. C'est pour me montrer ce qui m'attend si je ne suis pas sage, si je ne prends pas les traitements prescrits par son éminence le docteur Glass. La couche pour vieux, c'est la menace de l'humiliation suprême. Ça raconte que t'en es à baigner dans tes déjections comme un porc ou un putain de nouveau-né. Ça te jette à la gueule que t'es même plus capable de maîtriser tes orifices. Ça te rétrograde au stade de tuyau percé, de sphincter foireux. Hamilton est une perverse.

Je lui demande si elle compte me faire chier encore longtemps avec ses conneries de contrôle surprise. J'ai pas que ça à foutre. Il faut que j'aille glander sur ma terrasse, griller du tabac et emmerder les mouettes. Elle grimace. Rebecca Hamilton n'aime pas qu'on s'attaque aux animaux. Elle agite un doigt réprobateur comme si j'étais une fillette qu'on attrape en train de se masturber. Je lui réponds par un autre doigt, plus explicite et parfaitement grossier. Je l'agite bien tendu sous son nez, comme un essuie-glace à moustache. Elle se détourne pour l'éviter, en reprenant ses grands airs paramédicaux et son paquet de couches. Elle me rappelle que je dois aller me faire découper en tranches demain matin chez le radiologue, c'est elle qui a pris le rendez-vous. Elle a commandé un taxi à dix heures pétantes. Je lui réponds de se mêler de son cul. J'irai si je veux et quand je veux. Elle me refait le coup du doigt réprobateur, je lui refais celui qu'elle peut se carrer dans l'os. Elle secoue la tête et me sert ce si beau sourire dégoulinant de bienveillance qui me redonne envie de la défigurer.

Avant de décarrer avec ses cliques et ses couches, elle prend un air soucieux pour me prévenir qu'il y a des rôdeurs qui tournent dans les environs, qu'ils s'en prennent aux débris de mon espèce, elle dit personnes âgées mais elle pense débris, qu'ils cambriolent, parfois tabassent salement, et que je ferais bien d'engager un gardien à demeure pour assurer ma sécurité. Je lui demande si elle porte un soutien-gorge électrifié pour prévenir les attaques de violeurs. Ou pour les exciter. Elle ramasse les cinquante dollars que je lui ai jetés sur la table et s'arrache sans demander de plus amples insultes. Comme à mon goût elle n'a pas assez apprécié mon humour, je l'afflige d'un gaz sonore en guise d'adieu avant qu'elle ne referme la porte derrière elle. C'est la plus longue conversation que j'ai jamais accordée à Rebecca Hamilton jusqu'ici.

Après coup je regrette un peu de m'être comportée aussi vulgairement. Si ça se trouve c'est une bonne fille, vénale comme il se doit, qui trimbale une enfance difficile, un secret honteux, un truc tordu dont elle se venge en se fringuant comme un tapin. Si ça se trouve elle s'exhibe en allumeuse par dépit. Si ça se trouve elle se soutient de ce personnage de bombasse bien élevée pour ne pas se suicider de solitude et d'humiliation. Si ça se trouve ça pourrait être ma fille, si je n'étais pas stérile comme une compresse. En la connaissant mieux peut-être que je la comprendrais, que je l'aimerais. Si ça se trouve elle me chérirait en retour. Elle m'offrirait des fleurs. Me gaverait de chocolats. J'en serais pleine de gratitude. Je finirais par m'attacher. L'horreur.

Je balance ses foutues tulipes. Elle m'a prise pour sa mère cette conne. Je me dégoûte de m'intéresser à une telle pouffiasse. Et je m'en veux de lui prêter assez d'attention pour prendre la peine de l'insulter. Qui est-elle pour se mêler de ma vie, de ma sécurité, de mon appétit, cette salope à la solde du surveillant général, de cet abruti de docteur Glass qui doit sûrement la tringler entre deux vieilleries. Je m'échauffe comme toujours quand je suis contrariée et je commence à yoyoter sec. Il est temps d'aller m'en griller une sous la véranda.

Le ciel lavé par l'orage de la nuit dernière devient éblouissant à cette heure blanche du zénith. L'air est suffocant d'humidité. La chaleur frappe comme une batte sur un tapis. La première bouffée me fait tousser affreusement. Vite une deuxième. Tuer le mal par le mal. La théorie de Simon. Plus son pancréas le crevait de métastases, plus il crevait son pancréas de Jack Daniel's. Jusqu'au coma éthylique. Simon n'avait pas envie de se regarder crever. Il voulait raccourcir le film, couper la douleur au montage, abréger le générique de fin. Son dernier verre, pendant que je lui injectais le chlorure entre les orteils, il l'a avalé cul sec. Un bourbon hors d'âge.

19

Été

Avant d'établir mon règne je dois choisir sept guerriers pour les sept jours de mon sexe. À la nuit venue ils devront m'honorer si je le souhaite et comme je l'entendrai. Parmi eux, un seul restera mon favori. Je mourrai si j'enfante d'un garçon. Et je mourrai aussi que ce ne soit pas celui de Nago. Et si c'est une fille, elle me succédera quand je serai morte de haine. Ce sera désormais le règne des petites reines, comme le veut la tradition inversée de ma tribu chamboulée. Jusqu'à ce que l'une de mes descendantes fasse un garçon. Et le cycle reprendra jusqu'à la fin des temps.

Mais avant cela, je veux aller seule au désert enterrer Nago et manger son sexe, pour qu'il soit toujours en moi.

Quand j'arrive au rocher des jubilations, devant la caverne aux scorpions où il m'a transpercée sept fois, son corps n'est plus là. Plus aucune trace, même son sang s'est effacé sur la pierre. Nago a disparu, les milans noirs ne tournent plus dans le ciel, comme si rien n'était arrivé. Son sexe dans ma main s'est transformé en sceptre. Et la lame qui l'a tranché est devenue une poignée de sable.

J'ouvre ma main pour laisser le sable retourner au sable. Et je lance le sceptre dans les airs, avec des cris qui chantent ma rage. Un vautour l'attrape au vol et l'emporte serré dans son bec ivoire vers l'horizon orange. Je rêve qu'il va l'enfouir dans le ventre d'une charogne où se battent des vers, comme le plus précieux des trésors. Je suis sans rien de Nago, rien sans lui, et pourtant je suis, je persiste comme le vide du ciel et le mutisme des étoiles. C'est insupportable de continuer à être malgré la disparition. La présence de toute ma tribu millénaire, de tous les oiseaux, de tous les déserts, est moins étouffante que l'absence de Nago. Je suis obligée d'occuper la place vide qu'il laisse dans le monde. Il n'est pas en moi, je n'ai pas avalé son sexe, et il ne me reste plus que le souvenir de sa dureté dans mon ventre. Je dois lui céder une place de douleur en moi, pour que sa mort ne soit pas oubliée. Et parce que je suis vacante de lui. Dans un trou de terre que je creuse de mes ongles, j'enterre la dureté de Nago, le souvenir de sa dureté, que je couvre d'une pierre plate.

Je deviens son tombeau vide. Si je ne veux pas me dissoudre dans l'air ou me figer en statue de roche, je dois me découper de l'intérieur, me séparer d'un mur entre le vide qu'il laisse et la petite reine que je dois être pour accomplir le destin de ma tribu ancestrale. Je dois me diviser pour régner.

Jusqu'à Nago, je ne savais pas diviser, ni soustraire. J'étais moi-même le reste d'une soustraction, on m'avait enlevé tout ce qu'on peut enlever, dès ma naissance. J'étais aussi une division, entre mes seins qui menaçaient et les pagnes ensemencés de Nago que je lavais en cachette. Maintenant je suis la petite reine souveraine qui divise et qui soustrait, qui n'ajoutera plus rien au monde que la condamnation qui sortira de son ventre.

Autrefois, j'ajoutais tous les jours mon joli visage et mes jambes fines et ma croupe rebondie aux regards envieux que je multipliais.

J'ajoutais les jalousies et je multipliais les convoitises. Je faisais pousser sur mon passage des forêts de duretés qui soulevaient les pagnes des guerriers et des adolescents. Je donnais la rage au chef clanique, que la pousse de mes seins exaspérait. Il en déchirait des fauves, en assommait des serpents, en massacrait des esprits. Il se comportait comme un vrai chef clanique, comme un porc sauvage. Il combattait son désir de la petite reine en menant des guerres qui fortifiaient l'âme de sa tribu et pourrissaient son corps. Je lui ai offert la mort qu'il voulait, mourir de moi, son poison inconsommé. Je faisais cadeau à ma tribu ancestrale du meilleur de moi-même et du pire des destins, être commandée par une ombre.

Maintenant je suis la reine Anoua, le nuage sur le monde. Et ma nuit se posera sur la cime des grands rochers des montagnes blanches où les secrets se tapissent dans les carcasses vides des scorpions qui m'ont pris Nago. Maintenant je dois décider de tout et pour tous, dans la tradition ancestrale de ma tribu millénaire, parce que mon corps est désormais la loi.

20

Juillet 2001

Je l'ai déjà dit, je suis menteuse. Je me méfie de ce que je raconte, et je vous conseille d'en faire autant. Je m'en méfie, mais je ne risque rien à l'écrire. Quand vous lirez, j'aurai disparu dedans. Si vous y croyez, c'est que je vous aurai peut-être considérablement baladé. Et si vous êtes arrivés jusque-là, c'est peut-être que la ballade valait une danse.

C'est le moment de faire un aveu. Avec son consentement ou non, avec préméditation par la force des choses, j'ai tué Simon. Je l'ai tué dans un état où il ne pouvait pas se rendre compte que je le tuais. Bourré à mort. Faut dire que j'en avais un peu marre de nettoyer ses déjections, de le voir recracher son potage, baver sur les draps, s'arracher sa perfusion. Marre de l'écouter ânonner des paroles incompréhensibles et des gémissements de douleur comme une machine à faire chier. J'aurais pu confier les derniers instants de sa déconfiture à une nurse spécialisée en aspirants macchabées. On en avait largement les moyens. On aurait même pu se payer un bataillon de toubibs et d'infirmières à domicile tout le temps qu'il fallait à son agonie. Mais Simon tenait à ce que ce soit moi et seulement moi qui me coltine l'ultime débâcle, la dernière dégringolade sur le toboggan qui mène au trou. Il tenait à ce que je le souffre jusqu'à son dernier souffle. Il aurait aimé que j'en crève, de le voir crever. Il voulait me réduire à l'esclavage de sa souffrance. Il était égocentré à ce point, Simon. Au point de croire que la vie sans lui ne valait plus la peine d'être vécue. Au point de penser que je ne m'en remettrais jamais, qu'il soit crevé. Que je porterais son deuil jusqu'à ma tombe. Je n'allais quand même pas rater une si belle occasion de le décevoir. Quand son délire m'a trop gonflée, je l'ai abrégé. Ça m'a prise d'un coup. Un soir qu'il agonisait plus bruyamment que d'habitude, je suis sortie sur la terrasse pour en fumer une. Il y avait un goéland sur la balustrade, qui a pris peur en me voyant arriver et a filé droit sur l'océan à grands coups d'ailes. L'air était tendre. Ce soir-là j'ai imaginé la vie sans Simon et elle m'a paru légère.

Ça aurait dû me mener droit à la chaise électrique, dans ce pays de débiles infantilisés qui se gargarisent de morale protestante en reluquant les miches des playmates. Heureusement que j'avais eu le temps de potasser le sujet. Indétectable à l'autopsie, le chlorure de potassium. Ça l'a achevé en silence et sans laisser de trace. Le corps en sécrète massivement dès que la mort survient. En injecter d'avance, ça s'appelle noyer le poison. Et la piqûre entre ses orteils était invisible à l'œil nu. J'ai appelé le 911 et j'ai joué la veuve éplorée pendant qu'ils essayaient de le ravoir. Son toubib a confirmé aux flics qu'il était en phase terminale, à la merci d'un arrêt cardiaque. Il n'y a eu ni enquête ni autopsie. Officiellement Simon est mort dans son sommeil. Il a eu son cercueil en palissandre, moi sa fortune colossale, et le monde un emmerdeur en moins.

Si d'aventure un poulet ou un privé tombaient sur ce carnet, je les aurai prévenus dès le début : je suis menteuse. J'ai inventé. Tout, un peu, pas mal, quelle importance. Bien sûr ils peuvent toujours se demander si je mens quand je dis que je suis menteuse. Allez savoir. Et même si vous y allez, vous ne le saurez jamais. La vérité reste prise dans la colle de nos fictions. Et comme vous le voyez, j'ai la fiction facile.

J'aimerais bien que ce carnet ne me survive pas. Si on le retrouve après ma mort, ça voudra dire que mes souvenirs me survivront. Et ça c'est insupportable. Que les traces survivent aux traceurs est un scandale, une insulte à l'intelligence. Les œuvres devraient disparaître avec leurs auteurs. On ne devrait pouvoir les regarder, les entendre ou les lire que de leur vivant. Ça donnerait de l'urgence à la chose. Ça permettrait de ne jamais graver dans le marbre ce qui doit rester en perpétuelle correction, en constante mise à jour, comme nos vies incomplètes. Ça empêcherait que ce qu'on écrit devienne un jour lettre morte dans un tombeau de pages, à dormir debout dans une bibliothèque où rêvent des araignées.

J'imagine à quoi ressemblerait l'instant où un écrivain s'éteint. Ses livres, ses manuscrits, ses fichiers s'effacent, pour laisser place à des pages blanches, assoiffées de récits nouveaux. Ce serait merveilleux et tellement plus conforme à cette minuscule séquence perdue qu'on appelle l'existence. Ça changerait tout. Ça enlèverait toute valeur à la mémoire. Ça donnerait à la présence le prix du diamant. Tout deviendrait précieux si on savait que toute trace était perdue d'avance. Au lieu de quoi on empile, on entasse, on collectionne comme des crétins compulsifs. On passe le plus clair de notre temps à faire notre archéologie, à déterrer nos cadavres, à fouiller les restes de ce qui nous est arrivé, en ne voyant même plus ce qui nous arrive. Avec nos yeux braqués sur le rétroviseur, on ne verrait pas un mammouth traverser devant nous.

À force, la vie qu'on a vécue phagocyte celle qu'on pourrait vivre. Le souvenir nous dévore par morceaux et finit par nous avaler tout entier, par nous remplacer. Pire que la pire des tares, la mémoire, c'est une damnation. La damnation d'Adam et Ève, c'est quand leur Dieu vengeur leur colle à vie la mémoire du péché originel. Exit le Paradis. Virés du carré VIP. Sans le souvenir du serpent et de la pomme, on y serait encore. Sans le souvenir il n'y a pas de malédiction.

Je ne veux laisser aucun souvenir, autant que je voudrais ne me souvenir de rien. Je ne veux pas de tombe, pas de lieu, pas de suite. Il ne faut pas que ce carnet me survive. Juste qu'on balance mes cendres et les siennes au vent et aux mouettes. Et basta. Que celui qui lira en premier considère ça comme mes dernières volontés. Qu'il les lise, les exécute et oublie. Pourvu que ce soit un amnésique.

Parfois j'aime écrire des obscénités sur le sable, des chagrins aussi, que la vague à mes pieds efface d'une caresse salée. Et si j'écris sur ce carnet, c'est que de mes foutus souvenirs j'espère qu'il me débarrassera. J'espère que ces pages que je remplis de mon désordre du jour sont autant de vagues sur ma mémoire. J'espère seulement. Parce que ça fait parfois l'effet inverse. Pour un souvenir que j'enterre ici il y en a cent autres qui surgissent. Et qui me mangent ma putain de cervelle ramollie. C'est pour ça que les souvenirs, je les réinvente à ma sauce, dans une autre galaxie, une autre histoire, pour qu'ils m'emmènent ailleurs que dans ma saloperie de mémoire qui me bouche la vue. Je n'écris pas que ce que vous croyez. Je suis menteuse mais pas tant que ça. J'invente juste le nécessaire pour m'en sortir. J'invente une autre histoire.

Au coucher du soleil, quand je suis certaine que la plage est déserte, je vais tremper mes doigts de pieds dans le Pacifique. L'eau est chaude, huileuse. Elle me lèche les chevilles, les décore d'un collier d'écume. Je relève un peu ma robe pour offrir aux vagues mes mollets maigrichons, délicatement striés de varices bleutées qui leur donnent un aspect minéral. Ce connard de docteur Glass dit que c'est normal à mon âge d'avoir les vaisseaux qui pètent en périphérie et la couperose qui me repeint la bobine comme si je venais de courir un marathon. Pas avare en compliments, le docteur. N'empêche, même desséchées et serties de varices, je l'ai surpris à mater mes jambes, ce gros connard. Encore un archéologue à la noix. À force de soigner des momies, il a dû prendre goût aux antiquités. Le plus drôle c'est quand il m'inspecte la chatte. On dirait qu'il fait de la spéléo dans une bouche d'égout, avec sa loupiote sur le front, ses gants de caoutchouc et son air de ne pas y voir clair. Il doit se demander comment un truc aussi dégueulasse est à l'origine du monde. C'est peut-être pour ça qu'il facture un supplément d'honoraires. La chatte c'est quatre-vingts dollars en sus. C'est lui qui devrait me les payer, ce salopard, pour avoir le droit de contempler ce qui a fait rêver tant de queutards du temps où j'étais fringante. La prochaine fois j'attendrai qu'il ait le nez dedans pour lui lâcher un souvenir du chili con carne que je m'enverrai la veille. Et s'il proteste, je lui dirai que l'argent n'a pas d'odeur. Non mais.

J'avais de si jolies gambettes au temps de ma splendeur. Des fourches à couper le souffle de n'importe quel mâle en âge de reluquer sous les jupes des filles. À commencer par mon père. Mon père, ce porc. Mes jambes remontent jusqu'à mon sexe comme elles remonteront toujours jusqu'à mon ordure de paternel. Je n'ai jamais pu baiser avec quiconque, même Simon quand il était fou de moi, sans y penser. Je n'ai jamais pu jouir sans l'oublier. Comme j'arrive rarement à oublier, je n'ai pas joui des masses dans ma putain de vie.

Je n'arriverai pas à en dire plus aujourd'hui, je pourrais en vomir tout l'océan. Mais j'en vomirais d'abord ma mère, la truie qui savait, qui se soumettait, qui se taisait. Ma mère clouée au sol comme si on lui avait coupé les pattes pour l'empêcher de déguerpir. Ma mère en cloque à longueur d'année. Ma mère baisée jusqu'à l'os.

C'est beau, le Nebraska, tant que t'y vis pas. Un désert verdoyant, des prairies à perte de vue, des patelins à crever vif et des bâtards consanguins à tous les coins de rue. Sans parler des alcoolos, des trisomiques et des pédophiles, tous à l'église pour la messe du dimanche, où le pasteur distribuerait bien aux gosses autre chose que des hosties. Où le pasteur serait ton putain de père. Tu parles d'une enfance. Rien que d'y penser, j'ai la gerbe. Donc n'y pense pas, idiote. Regarde plutôt tes pieds dans l'eau et ces dernières lueurs où elle va apparaître si tu te laisses la contempler. Si tu sais l'attendre, la guetter. La voici qui se dessine dans le profil d'un nuage iridescent, dans le creux d'une vague. La voici qui ressuscite et me tue. Julia.

Décidément les bains de pieds ne lavent pas la tête.

21

Été

Rien ne me rendra Nago, ni sa foudre dans mon ventre. Je dicte ma loi, et chaque jour un guerrier m'honore si je l'ordonne. Mes seins sont maintenant des oranges gorgées de suc. Et ma fente une outre remplie de semences. Les femmes et le sorcier s'affolent, on ne saura pas de qui je vais devenir grosse. On ne saura pas qui découper si j'accouche d'une fille. Les vieux chuchotent que c'est la fin de la coutume, le déclin de notre tribu ancestrale, le crépuscule des millénaires, que les dieux nous abandonnent et que nous serons tous dévorés par les sables du désert. Mais je ne suis grosse de rien ni de personne. Je saigne à chaque lune comme le pourceau qu'on vide. Je me vide ravie. Dans ce sang je sens que j'inverse mon destin.

Je suis la petite reine, je règne comme je l'entends. Ce soir je prends Elyadi. Il est haut comme un arbre et fort comme un gnou. Il a rapporté des montagnes blanches un fauve, qu'il a déchiqueté à mains nues. Il a brisé son cou et ses crocs ont mordu sa langue. L'offrande d'Elyadi nourrira la tribu pendant des jours et sa peau finira sur mes épaules. Elyadi me dévore déjà avec ses yeux et il sue de se savoir élu. Sa dureté est longue comme un pied et large comme mon poing. Il va me faire mal, me déchirer j'espère. Je veux qu'il me tue autant qu'il me réjouira. En souvenir de Nago. En souvenir de la brûlure du venin.

Ce n'est qu'un commencement. Je vais ruiner l'ordre des choses. Rien ne me rendra Nago, mais je vais leur rendre sa mort, et la mienne, jusqu'à ce que rien ne subsiste. Il faut que je conçoive un plan pour ne pas me perdre dans ma férocité. J'ai convoqué le sorcier pour qu'il consigne mes ordres. Dans son visage de ruine, j'ai vu celui de son fils Nago et dans l'instant j'ai voulu le découper. Courbé devant ma majesté, il n'avait pas le droit de me regarder. J'aurais pu lui trancher la tête, cette tête de vieillard plissée comme l'iguane que Nago ne sera jamais. Je lui ai dicté mes lois. Il les a gravées dans le bois de ses tablettes que lui seul sait déchiffrer. Seul le sorcier a le droit d'écrire, dans ma tribu ancestrale qui n'a pas la mémoire du sang. Il n'a pas rouspété. Il a gravé sans sourciller le nouvel ordre qui me venait aux lèvres comme on entaille les cuisses des novices pour leur donner la force. Je voudrais qu'il grave ainsi le nom de Nago, mais c'est interdit par la tradition séculaire de ma tribu ancestrale. On ne grave pas le nom des morts. On dit que les morts sont nos graveurs. On dit qu'ils écrivent en nous le compte de nos jours. Ils sont les stylets dans les mains des dieux. En attendant que Nago grave en moi mon dernier jour, je dicte mes volontés à son père prosterné. Il grave ce qui me vient. Je ne laisse pas déborder ma haine. Je dicte un ordre nouveau. Un ordre bien ordonné pour ruiner l'ordre des choses. Quand il a fini de faire de mes paroles des entailles et des chemins dans les veinures du bois, il a osé me poser une question, celle de savoir si j'étais grosse. Il aurait pu en mourir, il le savait. La petite reine ne répond pas aux questions, c'est elle qui les pose. C'est elle la question, dont nul ne peut prétendre détenir la réponse. Et celui qui s'aventure dans ce chemin, on le décapite pour prétentieux. Le sorcier a peut-être deviné qu'il serait épargné à cause du souvenir de Nago qui brille parfois sous son visage de racine sèche, et à cause aussi de ma brûlure qui toujours me consume. En attendant de trouver l'instant de le tuer, je prie pour ne jamais être grosse.

Elyadi me prend, ses doigts pénètrent dans ma bouche et il pétrit mes seins comme s'il voulait les crever. Il entre en moi en décochant sa flèche. C'est une douleur inouïe. Ma douleur, que je ne partage pas. Il n'en saura rien. Ni lui ni les femmes agglutinées à l'entrée de ma case, qui frétillent en guettant un signe, un gémissement. Pour rien. Je ne tremble pas, je ne grimace pas. Je prends ma douleur, et je la tourne en plaisir. Et elles n'en sauront rien. Ni elles, ni Elyadi, étonné de voir sa semence si vite lui échapper. Je sais comment faire maintenant pour me débarrasser. Sous mes paupières, j'ai caché Nago. Il suffit que je les ferme pour qu'il me prenne à la place de tous les autres. Je vide Elyadi de son miel sans qu'il n'y puisse rien. Il y en a tellement que ça l'expulse de moi. Je le fixe avec ma petite moue pour qu'il baisse les yeux, alors que mon ventre voudrait qu'il me reprenne jusqu'au matin pendant que dans mes paupières je vois Nago. Les femmes l'insultent pour aggraver son humiliation. Il n'a pas su faire crier la petite reine. Il sera banni du village jusqu'à ramener une autre bête féroce des entrailles du désert pour mériter ma couche, ou mes crachats. Les enfants le moqueront pendant qu'il s'éloignera vers les dunes. Et moi je brûlerai encore du feu qu'il n'a pas su qu'il allumait. Elyadi s'est faufilé la tête basse de sa honte entre les femmes qui lui crachaient des graines au visage.

Le sorcier est revenu pour me relire mes lois gravées, comme le veut le protocole de ma majesté. Demain tous les hommes de ma tribu devront me rendre leurs noms. Et ils attendront que je les nomme comme je voudrai. Ils attendront et attendront encore, tant que je n'aurai pas trouvé pour chacun un nom insupportable. Ils seront sans nom, dans l'attente d'un nom qui sera leur plaie et leur joug et leur signe de soumission à ma majesté. Je vais les faire attendre assez longtemps pour qu'ils soient désemparés, jusqu'à ce qu'ils ne sachent plus ni comment ni s'ils s'appellent. Ce sera pire que si j'avais ri de leur dureté. Ce sera pire que s'ils n'étaient personne. Mais ce ne sera toujours pas assez pour remplacer Nago ni ma vie volée.

C'est la tradition millénaire de ma tribu sacrée, on enlève le nom de celui qu'on veut punir. Mais aucun chef clanique ni aucune petite reine n'a jamais effacé le nom de tous du même coup. Aucun ne leur a dit leur folie ancestrale. Pour qu'ils ne croient pas à une punition, je leur promettrai des noms de lumière et de joie. Ils patienteront avec cet espoir. Le temps de les vider de leur nom. Le temps de les affliger. Et quand ils seront hébétés par le vide et l'affliction, je leur rendrai des noms d'horreurs et d'ombres, de regrets et de souffrances. J'attendrai qu'ils soient assez abrutis et diminués pour que n'importe quel nom les soulage. Et ils me remercieront de les nommer comme des déchets de la terre et des excréments du soleil. Ils me remercieront jusqu'à ce que leurs nouveaux noms les dévorent.

L'attente durera jusqu'aux pluies j'espère. Leurs nouveaux noms tomberont avec le miracle de l'eau qui lave des poussières et des hontes. Leurs noms leur seront donnés dans la confusion d'un bienfait de ma majesté. Et ils les recevront dans l'euphorie des averses, comme le don du nuage, Anoua, la petite reine que je suis.

22

Août 2001

L'air vire au bleu quand je rentre à la maison par la plage, en traînant mes pattes enrobées de sable et de sel. J'ai réussi à me tremper les jambes dans les vagues sans penser à rien. À rien de précis du moins. Juste quelques images fugaces emportées par les ressacs, à peine des ébauches effacées par les rayons aveuglants au ras des flots. C'est reposant la cécité. Dommage qu'elle ne dure pas. Toujours ça de pris sur l'ennemi. L'océan a fini d'avaler le soleil et les réverbères scintillent sur la corniche, qui ressemble à une guirlande de Noël. Je grimpe les marches de l'escalier en bois qui monte vers la terrasse. Ça crisse sous mes pieds ensablés, le bois craque comme la colonne vertébrale d'un vioque. Il est bien long cet escalier quand il faut le monter. Simon s'était mis en tête de construire un ascenseur de la terrasse à la plage. Et pourquoi pas un téléphérique que je lui avais dit. Si on est plus capable de se farcir ces foutues quarante-neuf marches, autant oublier les galipettes sur les vagues et se tirer une balle. Il en démordait pas, têtu comme un caillou, il avait fait faire une étude, des devis, des sondages dans le sable et dans le voisinage. Simon pouvait parfois être très con. Compulsif et borné. Un vioque, quoi. Simon a viré vieux très tôt, il avait sans doute deviné qu'il n'aurait pas le temps de le devenir vraiment. En somme il s'est dépêché de vieillir pour ne pas se laisser surprendre. Pour profiter un peu de sa déchéance. Quoi qu'on en dise, on détient la science infuse de notre durée.

Quand je commence à yoyoter comme ça, à me prendre pour un Nobel de philosophie qui balance des sentences définitives le nez au vent et les orteils ensablés, je sais qu'il est temps de rentrer pour peler mes légumes et siffler un tilleul-vodka.

Je me hisse sur la terrasse après une bonne suée, les cuisses en fusion. Les grillons attaquent leur concert de maracas habituel. Le rocking-chair, la balustrade et la mouette sont toujours là, à perpétuer le cérémonial du crépuscule. Le rocking-chair m'attend, la balustrade soutient la mouette, la mouette a déjà repeint ce qu'il reste de mes géraniums. C'est rassurant. Tiens j'avais laissé la cuisine allumée, je ne sais plus pour quelle raison. Une ombre passe, bouscule une chaise au passage. Je me fige, tétanisée. Merde, quelqu'un est entré chez moi. Je l'aperçois à travers la baie du séjour, il embarque tout ce qu'il trouve dans un grand sac poubelle. Sa tête énorme est planquée sous une cagoule. Cette garce d'Hamilton m'avait pourtant prévenue pour les rôdeurs. Sidérée comme une idiote. Que faire. Si je me manifeste, il va m'assommer, me tuer ou que sais-je encore. Appeler les flics. Ou redescendre sur la plage et attendre que ça se passe. Et s'il me sautait dessus dans les escaliers, s'il me poussait dans le dos. Merde, j'ai laissé mon téléphone sur la table de la cuisine. Il a dû l'embarquer aussi. Merde merde merde.

Si j'avance jusqu'au rocking-chair sans qu'il me voie, je suis sauvée. Enfin sauvée c'est vite dit. Je ne me suis jamais servie du 44 Magnum planqué sous les coussins. Une lubie de Simon, au cas où des Apaches auraient eu envie de le scalper avec leur tomahawk en violant sa squaw et sa propriété privée. J'avais oublié qu'il était toujours là, son foutu revolver. S'il y est toujours. Si cette pute d'Hamilton ne l'a pas découvert et mis hors de portée pour éviter que je m'en colle une dans le ciboulot et qu'avec un trou pareil je me voie dans l'impossibilité définitive de lui payer les gages exorbitants qui financent une bonne partie de ses tenues de pute. En plus, je ne sais même pas s'il est chargé, le calibre de Simon. Je ne sais pas quoi faire à part sous moi tellement je balise. En même temps une sorte d'excitation me rajeunit d'un coup comme quand on se planquait derrière les meules de foin avec Julia pour espionner le triso du village qui s'enfilait une vache. On se pissait dessus tellement on était excitées à se retenir de rigoler. La différence, là, c'est que je suis excitée de me retenir de hurler ma trouille. Si je bouge un poil, il risque de me voir. Et là, ciao la vioque, bonjour l'hosto ou welcome le cimetière. Si je ne bouge pas, je vais le regarder me dépouiller en me pissant dessus. La mouette flaire l'embrouille et se barre pour ne pas assister au carnage. Après tout c'est un beau jour pour mourir. Tant pis, je le tente.

Quand la grosse cagoule noire se retrouve nez à nez avec le tube d'acier chromé qui confère toute sa poésie au 44 Magnum, il y a surprise, grosse. Le trou noir sur lequel il ne peut que loucher lui promet un aller simple pour l'enfer. Le bougre ne m'a pas entendue arriver. Quelle idée aussi, de cambrioler avec un casque d'iPod sur les oreilles qui vous siphonne les tympans d'un boucan folklorique. Quand il comprend que je m'apprête à lui perforer sa boîte à conneries, il coupe le son pour m'entendre lui hurler d'enlever sa cagoule. Il n'en mène pas plus large que moi. Le canon du 44 Magnum tremblote dangereusement en faisant des allers-retours entre ses deux billes noires exorbitées. Il balbutie une cascade d'excuses suppliantes avec un accent à découper du cactus à la hache, tout en se jetant à mes genoux comme s'il allait les bécoter en signe de soumission. À voir la taille de sa tronche encagoulée je pense affronter un hydrocéphale. Je répète ma menace, au cas où la panique lui aurait bouché les écoutilles. Il retire sa cagoule en pleurnichant dans une langue exotique. Putain, c'est Pain d'épice. Le chauffeur de taxi. Il avait gardé son turban sous la cagoule. Même sous la douche il doit pas l'enlever, sa meringue orange de sikh désespéré.

23

Été

Aux femmes j'imposerai le silence jusqu'à ce que les hommes aient un nom. Les priver de leur parole de serpent est pire que de les faire saillir par des phacochères. Celles qui lâcheront un mot seront livrées aux chiens, saignées pour qu'ils se régalent. En souvenir de mon père que je n'ai pas connu grâce aux lois ancestrales de ma tribu cruelle. Je prie pour qu'avant les pluies de se taire leur langue se fonde à leur palais et leurs dents à leurs dents. Je veux que celles qui m'ont élevée jusqu'à ce que mes seins poussent soient particulièrement affligées. Même une moindre plainte ne devra leur échapper. Même dans leur sommeil, par un de leurs rêves maudits. Même dans les douleurs d'enfanter. Et si c'est une fille qui sort de leurs ventres venimeux, elle sera sacrifiée au premier pleur. Je veux qu'elles soient dans la terreur muette d'enfanter. Je veux par le silence leur enlever plus que la vie.

Seuls les cris des enfants mâles pourront retentir jusqu'à la fin de l'été. Aucune mère ne pourra les rappeler à l'ordre. Elles seront forcées de les poursuivre et de les frapper pour se faire comprendre. Elles en deviendront folles de haine. Jusqu'aux pluies, elles donneront leur haine à leurs fils. Eux apprendront la terreur du silence des mères. Ils apprendront à les insulter sans réponse, sinon les coups. Ils seront prêts pour ce que je prépare.

Ce matin je me souviens des pagnes de Nago que je lavais en cachette, quand les seins ne m'étaient pas encore poussés. Je me souviens des rires qui me prenaient à voir son pagne dressé par sa dureté, et sa tête rougie, et ses yeux qui brillaient. Je me souviens d'avoir ri comme d'un pays plus lointain que celui des montagnes blanches, que personne dans la tribu n'a jamais vues, mais dont tous disent rêver. Je me souviens d'avoir ri comme une fillette sans crainte. Je me souviens de ce que ce rire enlevait de ma terreur. Et qu'il m'a rendu au centuple en s'envolant de moi.

En attendant les pluies, je prie pour que le mal de punir me quitte avec mon enfance tuée et le feu de Nago qui brûle mon ventre. Je prie aussi pour que ma tribu supporte mon règne cruel jusqu'aux pluies qui laveront ses larmes. Après quoi, si je survis, s'ils survivent, je nous délivrerai.

Voici les noms des fils de mes ancêtres, venus au désert depuis les temps d'avant le temps, pour qu'un jour je devienne leur petite reine. Voici leurs noms et ce que j'en ai fait, pour leur douleur et ma satisfaction.

Rouba est devenu Miliou-Bias, le serpent qui pue.
Néibel est maintenant Partolas-Cham, la charogne qui rêve.
Rimma s'appelle Kalimastra-Boua, la bouillie d'excréments.
Eroualim est Bokamar-Biassou, le miasme des pourritures.
Rafanalem est Biniajar-Katoul, le fauve impuissant.
Dalgrimas est Ziodé-Araminato, le porc éventré.
Sakayach est Moualdo-Konia, la verge grêlée.
Despankar est Togali-Atogilé, le trou du derrière.
Noubilia est Panatiolé-Agam, la fente de la truie.

Époulimodès est Moualdo-Bias, la verge qui pue.

Sépokarto est Togali-Boua, le trou à excréments.

Elyadi est Kalima-Katoulia, la limace impuissante.

Koulmata est Ouarkama-Atogilé, la vomissure de l'anus.

Nagagoli, le sorcier, je l'ai nommé Sinatikora-Katoulia, le ver impuissant.

Berikolita, le chef des guerriers, Maéo-Atogilé, le vent du cul.

Tarimolasto, le doyen des anciens, Panatiolé-Toualaam, la fente de la mort.

Ils confondent leurs noms et s'insultent à l'infini. Je ne les appelle jamais, pour ne pas salir ma bouche. Je les désigne de mon sceptre et ils doivent dire leurs noms de pénitence et de honte. Ils doivent le dire à s'en étouffer, jusqu'à ce que j'abaisse mon sceptre. Et je peux tenir mon sceptre dressé aussi longtemps que la dureté de Nago quand il m'a prise. Et je peux la soutenir tant que leur nom répété et répété ne fera pas jaillir par leur bouche la pourriture de leurs entrailles, qui n'est même pas semence de terre. Je les ai nommés pour les vider. En attendant les pluies. Ou la révolte qui me coûtera la vie. Je ne sais pas encore s'ils préfèrent ma vie à leurs entrailles. Je ne sais pas encore s'ils vont préférer la tradition ancestrale de notre tribu millénaire au dégoût de se vomir.

Les femmes, qui n'ont plus de nom ni de parole, se sont mordu les lèvres au sang et la langue jusqu'à s'évanouir. Elles marchent sur les braises sans crier et frappent leurs enfants sans un mot. Les enfants ont la haine dans les yeux et des cailloux dans les mains. Ils pissent dans les couches de leurs mères et font leurs excréments sur les repas qu'elles préparent. Les enfants jouent en cachette avec les poignards de leurs pères, en rêvant de le leur rendre par la pointe. Ils les appellent férocement par leurs noms de pénitence, comme si les pères étaient les déjections des fils. Je les entends faire, et rire de leur férocité, puis s'en aller parmi les rochers attraper les scorpions. En attendant les pluies, les scorpions pullulent. Comme les charognards qui planent au-dessus de mon village et leurs ombres sinistres sur nos cases. Ils accompagnent la main de mon règne, qui jette la nuit sur la sécheresse et le feu sur nos blessures.

Nago, je l'ai nommé Pistioma-Anoua, la brûlure du nuage. Et aussi Adèss-Anoua, le ravissement du nuage. Et parfois même Sokar-Anoua, le venin du nuage. Je l'appelle dans mes rêves. Et il vient. Il me prend, et il dit mon nom. Le vrai, celui que je suis devenue. Toualaam-Kalah-Anoua, le nuage du désir de la mort.

24

Août 2001

Pain d'épice pleurniche. Je l'ai obligé à s'asseoir à la table de la cuisine. Me suis mise en face et j'ai posé le revolver devant moi. Il commençait à devenir lourd, ce foutu pétard. Tout ce que Pain d'épice arrive à balbutier en chialant, c'est pas police, pas police, s'il vous plaît madame, pas police. Avec larmes et tremblements. Il a même ressorti ses photos de famille délavées pour m'apitoyer. Je lui demande pourquoi il voulait me cambrioler. Avec son accent à découper des noix de coco à la scie sauteuse, il m'explique que son patron l'a viré après qu'il eut encastré son taxi dans un réverbère sur la corniche. Ça lui est arrivé en se perdant dans le puits sans fond de ses souvenirs. Le mal du pays, sûrement. La nostalgie de son paradis de misère à jamais perdu dans l'obésité du rêve américain. Plus d'argent, qu'il dit, pas de papiers. Ce sikh n'existe pas. Au regard des lois californiennes, c'est moins qu'un caniche. Mais plus dangereux. Je le trouve parfait.

Je le rassure, pas police. Mais travail. Pour moi. Ici. Maintenant. Il acquiesce avec enthousiasme, ne sait pas comment me remercier. Je pousse le 44 Magnum sur la table, jusqu'à ce qu'il soit à sa portée. Il en revient pas, écarquille des yeux affolés. C'est pas un corps qu'il a, ce sikh, c'est un assemblage de fils de fer barbelés sur lesquels on aurait tendu des muscles dégraissés. Le strict nécessaire pour que ça tienne debout. Je lui dis : c'est un beau jour pour mourir. Une phrase qui m'avait marquée dans un western des seventies, quand la mode était à l'admiration des peuples indiens et à la dénonciation de leur massacre. Pain d'épice comprend qu'il ne veut pas comprendre. Je répète en poussant le revolver jusqu'au bord, pour qu'il pige que ce serait le moment de s'en saisir et de me faire la peau. Il secoue la tête, en panique, à s'en dérouler le turban. Je lui rappelle : travail. Pas police. Comme tout travail mérite salaire, je lui balance une liasse de billets de cent dollars que je planque toujours dans un tiroir de la cuisine pour affoler Hamilton, au cas où elle fouillerait. Il louche sur les pépettes. Il y a au moins de quoi le nourrir jusqu'à l'hiver. Je lui dis : salaire. Je pense en même temps : pas cher pour perdre définitivement la mémoire. Sa bouche entrouverte sur ses dents de piano en dit long sur son niveau d'incompréhension. Je sens qu'il préfère le salaire au boulot. Comme tout quidam qui n'a pas complètement basculé esclave. S'il pouvait se barrer avec la fraîche en me laissant ma mort sur les bras, il ne se gênerait pas. Seulement voilà, je l'ai vu en train de me cambrioler, pas police. Il me dévisage avec perplexité. Je lui fais, en pointant du doigt le Magnum : n'aie pas peur, c'est pas une arme, juste une gomme.

Comme Pain d'épice reste tétanisé, je lui balance en prime ma bague en diamants, celle que Simon m'avait offerte la première fois qu'il a demandé le divorce. Les six carats de cailloux roulent sur la table jusqu'à la liasse. Il avait mis le paquet, Simon. Mais c'était trop compter sur ma vénalité.

J'avais pris la guirlande et gardé le sapin. Simon a eu les boules, contraint d'ajourner ses espoirs de se débarrasser de moi. À cette époque il pensait que le divorce serait plus commode pour continuer à enfiler des starlettes sur le teck de son Riva. La fidélité n'était pas son fort, le divorce n'était pas le mien. On a fait un deal.

Pain d'épice prend la bague, fait étinceler les diams sous la lampe à suspension qui arrose la table et, l'œil brillant, il l'enfile à son petit doigt. Soupire. On progresse.

25

Été

Je vole dans l'azur sec. Un milan m'ouvre le ciel. Je suis le seul nuage à l'horizon, la seule abeille, l'unique sauterelle. Le soleil fond sur la courbe de l'univers. Au crépuscule, je me pose. Je suis cachée dans l'ombre des rochers. Nago revient du désert. Il porte sur le dos une large bourse en peau. Elle fait que son échine plie sous le poids. Il me sourit. Je l'accueille dans les cris des larmes et les rires qui étranglent. Je lui baise ses épaules de soie et le cou entre deux éclats. Il ne pose pas sa bourse, elle ne doit pas toucher le sol. Vite, je creuse la terre pour exhumer son sexe, là où je l'ai enfoui pour qu'il échappe aux chiens, sous une pierre plate et ronde comme une lune. Je le lave de la terre dans ma bouche et le lui recouds avec du fil de peau. Son sexe lui va bien, mais il souffre de le porter. Aussitôt que je termine du plus vite que je peux, sans laisser trembler mes doigts fins, il durcit. Je le ceinture d'un pagne qui se soulève et me fait encore rire. Un vent de sable se lève, qui nous enfouit dans son manteau. Je lui dis que tous sont morts, y compris son père le sorcier. Il ne pleure pas, me remercie. Je lui dis que j'ai tout brûlé, sauf les chiens. Nous nous cachons dans la grotte aux scorpions pour qu'il me prenne. Nago me transperce debout, il ne lâche pas sa bourse quand il s'enfonce en moi. Ma fente est en feu, comme mon dos que la roche griffe. Du sang tombe à mes pieds quand sa dureté me comble et m'inonde. Des serpents glissent entre ses jambes tendues à se rompre. Je ferme les yeux pour qu'ils ne le mordent pas. La brûlure qui me fait jubiler incendie mon ventre, mes seins durcis comme des pierres, mes reins cambrés et dépecés. La brûlure soulève mes jambes à mon cou, je suis un œuf fendu, empalé sur Nago.

Lorsque je rouvre les yeux et que mes pieds retouchent terre, Nago s'est détaché de moi en laissant sa dureté plantée dans mon ventre. La couture s'est défaite, mais il ne saigne pas. Il doit poursuivre sa route, et je ne sais pas le retenir. Je lui demande ce qu'il y a de si lourd dans sa bourse qu'il ne lâche jamais et qui lui courbe l'échine. Nago me dit que le scorpion lui a rendu sa vie, et c'est elle dans la bourse pesante, qu'il doit porter aux montagnes blanches. Je lui demande pourquoi il n'a pas le droit de la poser à terre pour soulager son dos. Nago répond que la terre ne sait pas porter la vie mais seulement la dissoudre. Il repart au désert le regard sombre. Je reste dans la grotte aux scorpions, sa dureté en moi. Avant de disparaître dans le tourbillon du manteau de sable, il me dit que je serai grosse de lui.

Comme je me réveille ce matin par le vacarme des cris et des fureurs, ma case royale brûle par son toit. Le village ancestral de ma tribu millénaire est mis à sac par la tribu qui est notre ennemie depuis la mémoire des mondes. Les pluies ne sont pas arrivées à temps. On cherche à s'entre-dévorer. Dans les flammes je sauve mon manteau de mangouste, mon sceptre et ma couronne de cornes de gazelle. Lorsque je sors d'une fumée noire, tout est consumé. Les assaillants emportent déjà les corps éventrés des enfants morts, qu'ils préfèrent parce que leur chair est plus tendre sous la dent. Des nourrices aux seins gonflés sont aussi emmenées de force. La plupart des cases sont en feu. Nos plus robustes guerriers agonisent, transpercés de flèches et de sagaies empoisonnées, surpris dans leur sommeil. Ceux qu'on n'entend pas gémir ont été égorgés. Les têtes des vieillards ont éclaté comme des œufs sous des coups de masse, leurs cervelles tachent leurs couches, leurs mains ont été tranchées pour qu'ils ne s'agrippent pas à la vie.

Nos vainqueurs me regardent en biais, entraînant au loin leurs prises mortes ou vives. Certains emportent des chiens, les plus gras. Ils s'empressent, tête basse, furetant parmi les femmes apeurées, affamés de vierges. Aucune n'est trouvée. Elles ont fui comme des lézards, sûrement dans les grottes où elles défient les queues dressées des scorpions de leurs pieds agiles.

26

Août 2001

Pain d'épice tient le revolver comme s'il lui cramait la paluche. Je lui dis qu'un seul coup suffira, pas besoin de faire un carnage. S'il vise bien sur ma tempe à bout touchant. Avec la tremblote qu'il se paye j'ai comme un doute. Il est cap de m'arracher un œil et de se carapater en panique pour ne pas me regarder agoniser. Je le calme pour enrayer sa Parkinson. C'est pourtant simple ce que je lui demande. Ensuite il ne lui restera plus qu'à essuyer la crosse pour effacer ses empreintes, me la mettre dans la main gauche, appuyer mes doigts sur la crosse et mon index sur la détente pour y laisser les miennes, et poser le 44 Magnum par terre, toujours côté gauche. Fastoche, même pour un sikh dépressif. Il réfléchit autant que le lui permet sa tête agitée et repose le flingue sur la table en secouant sa meringue. Avec son accent à scier des branches de palmier à la lime à ongles, il bredouille que mon plan est naze. Il a regardé la première saison des Experts sur CBS. Je devrais avoir des résidus de poudre sur la main gauche pour que ça passe pour un suicide. Pas con le sikh. Pourtant c'est bien un suicide. J'emploie juste un auxiliaire de mort pour faire le boulot à ma place, c'est tout.

J'embarque le Magnum et je sors sur la terrasse, en lui disant de pas bouger de sa putain de chaise sinon j'appelle les flics. Il tourne ses paumes vers le ciel pour m'assurer de la pureté de ses intentions. La mouette est revenue sur la balustrade. Je la surprends qui mate l'océan, en pleine déjection sur mes géraniums. C'est un beau jour pour mourir, que je me répète. Je la mets en joue. Elle me lance une œillade inquiète et déploie ses ailes. Barre-toi que je lui fais, avant que je te ventile le plumage. Visiblement, elle n'a pas pigé mon ultimatum. Tant pis. La détonation fait un boucan du diable. La mouette s'arrache vite fait. Je l'ai bien loupée. Mais j'ai ce qu'il faut de poudre sur la main gauche.

Pourquoi maintenant. Jusqu'à ce soir j'avais jamais spécialement eu envie de me flinguer. Ça m'a prise d'un coup, comme une évidence. Peut-être l'idée de la gomme qui a déclenché ça. Finis, effacés, ces saloperies de souvenirs. La mort c'est Alzheimer en mieux, en définitif radical. T'évites les souffrances, les remèdes et les questions. Plus rien pour te rappeler quoi que ce soit plus jamais. Putain. Plus jamais. C'est le truc que j'arrive pas à intégrer, ça. Plus jamais. J'ai un frisson qui me laboure le dos jusqu'à la nuque, comme si une faille plus grande que tous les océans s'ouvrait au milieu de moi et qu'elle aspirait toute ma matière. Merde, j'ai un vertige.

Je recule en titubant et je me laisse tomber sur le rocking-chair. Plus de souffle. Plus d'air. Je lâche le pétard brûlant sur le plancher. Plus envie. Plus envie de plus jamais. La faute au sikh, aux Experts, à cette connasse de mouette. La faute à ma gueule surtout. J'avais qu'à faire ça toute seule dans mon coin, au bon moment, tant qu'il n'y avait pas à réfléchir. Comme si ça existait, le bon moment. Pourquoi maintenant plutôt que dans une minute, dans une heure ou dans un an. Ou jamais. Ça change quoi, puisqu'après il n'y a plus ni d'avant ni d'après. Puisqu'après on ne saura jamais si c'était le bon moment. Pour Simon le bon moment était passé depuis belle lurette quand je l'ai piqué. La souffrance l'avait déjà complètement lessivé, il n'avait plus rien à vivre que de se sentir crever. Le bon moment c'était quand il a découvert un cercle aux tentacules sombres sur sa radio du pancréas.

Voyant que rien ne bouge, Pain d'épice rapplique sur la terrasse. Penaud, misérable. Plié en signe de soumission. Il s'assied en tailleur sur le plancher, à mes pieds. Il me regarde par en-dessous, timidement. La bagouze de Simon brille à son auriculaire. Il attrape le revolver d'un geste assuré. Avec une habileté soudaine, il vide le barillet. Les cartouches roulent au sol, décrivant une trajectoire circulaire sur les planches. Avec son accent à cisailler des cailloux au sécateur, il me dit que ce n'est pas un beau jour pour mourir. Qu'il n'y en a pas. Je lui demande comment il le sait. Il dit que le beau jour pour mourir serait le jour où on meurt, pas celui où on veut mourir. Je demande à ce puissant philosophe de mes deux miches comment il s'appelle. Sartaj, qu'il répond avec son sourire de piano. Il ajoute que dans sa langue ça veut dire celui qui s'attache. Manquait plus que ça. Un pot de colle. Et en plus Sartaj le spirituel veut savoir mon nom, ce sans-gêne. Je lui réponds que je m'en souviens pas. Il dit que lui il sait, avec un sourire malicieux qui fait luire son clavier. Il dit que je dois m'appeler Queenie. Un nom de clébard donc. Ou un blaze de pute bon marché. Je lui réponds par un élégant doigt d'honneur que je souligne d'un fuck you assez explicite. Ça n'efface pas son sourire de piano, qui au contraire s'élargit d'une octave. Il s'agite et brasse de l'air en décrivant d'un geste ésotérique je ne sais quelle apparition royale. Il répète Queenie, Queenie, Queenie. Il se lève d'un coup et verse sur mon visage un liquide imaginaire contenu dans ses mains jointes. En gros il me baptise, le bougre. Avec incantation idoine dans sa langue de cacatoès sous acide. D'une rotation de mon index sur ma tempe, je lui signifie tout le bien que je pense de son délire hallucinatoire. Il acquiesce et m'imite, mais des deux index sur ses deux tempes enturbannées. Tout va bien, il est au courant qu'il est dingue. Il va finir par se calmer, que je me dis. Tu parles. Le voilà qui se prosterne, s'agenouille et me baise les pieds. Il va surtout bouffer du sable, le podophile. Queenie, Queenie, Queenie. Il en démord pas. Je suis sa petite reine.

27

Été

Les plus courageux osent m'approcher, armes baissées. Ils font cercle autour de ma majesté. Ils ne toucheront pas à la petite reine. Ils seraient maudits jusqu'à la fin des temps, eux, leurs fils, et les fils de leurs fils. Je leur suis reconnaissante qu'ils respectent la tradition ancestrale. Je leur suis aussi secrètement reconnaissante qu'ils accomplissent mon désir et ma haine en décimant les miens avant l'arrivée des pluies. Ils achèvent ce que mes noms de pénitence ont commencé.

Je soulève mon pagne pour que tous voient ma fente. L'un d'eux doit me prendre pour sceller leur victoire. Il peut en mourir si je le désire, ou s'il ne me fait pas crier. Mais si je l'épargne malgré cela, les anciens l'égorgeront pour ne pas ramener la honte dans leur village de ne pas avoir fait crier une petite reine. Le plus jeune d'entre eux est poussé en avant par les anciens. Cette victoire sera signée de sa sève ou de son sang. Ou des deux, si je le veux. Une peau d'antilope est jetée au sol pour que je m'y étende. On désarme le jeune guerrier, on lui ôte son masque de guerre, on l'enduit de terre ocre qui adhère à son corps trempé de sueur, formant une fine pellicule de poussière pour que sa peau ne puisse toucher celle de la petite reine. Seule sa dureté doit pouvoir toucher ma chair. Il ne pourra la toucher que de l'intérieur. Ainsi est la règle de nos traditions ancestrales, afin qu'aucune intimité sacrilège ne vienne assombrir notre inimitié millénaire. Et si je deviens grosse de cette saillie ennemie, je porterai l'enfant de notre défaite dans la honte et le désespoir. Et si j'accouche d'une fille, c'en sera fait de ma tribu, qui devra se dissoudre dans celle de nos ennemis héréditaires. Mais je ne verrai jamais cela, car je serai depuis longtemps découpée aux chevilles, violée par mon trou de derrière et jetée au désert pour m'y assécher, comme toute petite reine qui met au monde une fille.

Lorsque le jeune guerrier est prêt, je suis étendue sur le dos. J'ouvre mon manteau de mangouste et mes cuisses fines à sa venue. Il s'avance debout entre mes jambes pour que j'apprécie sa dureté, gonflée de sang, et d'où perle déjà, à son extrémité, la première goutte du suc dont il va m'inonder. Je découvre son visage beau comme une lune de printemps, ses yeux fendus comme ceux d'un fauve. Mon regard le fait trembler. On glisse dans ma main un poignard, au cas où il enfreindrait la règle. D'un sourire je lui dis de venir. Dès que sa peau de poussière m'effleure, ma fente se liquéfie et la brûlure laissée par Nago s'éveille comme une morsure intérieure. Il tremble de tout son corps. Je le serre contre moi, de ma main qui tient le poignard. Les hommes qui ont fait cercle tournent le dos pour respecter la tradition, mais aussi parce que la vue de ce corps bandé entre mes jambes a soulevé leurs pagnes. Les femmes rescapées se transforment en pleureuses pour rendre hommage à mon sacrifice. Elles se trompent, je suis trempée, prête à boire toute la sève de mon vainqueur, à extirper son jus de vie jusqu'à la dernière goutte. Je suis en feu comme au septième assaut de Nago, celui du venin et du plaisir de la mort. Je vois les larmes dans les yeux de mon vainqueur, qui s'écoulent sur mes seins soulevés. Je le cisaille de mes jambes jolies, je cambre mes reins et soudain je comprends. Sa dureté s'est envolée, il ne peut me fendre. Il tremble de plus belle, ses dents de sel mordent à ses lèvres. Avant qu'un sanglot ne lui vienne, je lui murmure de faire semblant pour sauver sa vie. Il ne veut pas, il n'accepte pas la honte. Il veut se dégager et mourir. Il est Angoa, celui qui sait mourir. Je le serre plus fort contre moi et je me mets à crier comme la truie qu'on découpe, accrochée à Angoa, battant le sol de mes fesses, soufflant comme si le ciel entrait en moi. Dans sa panique, Angoa crie comme moi, épouse mes secousses, me donne les siennes. Un sourire vient à ses lèvres, que je mords jusqu'au sang. Son goût affame ma brûlure, là où il ne peut entrer. Il pousse un cri de douleur que je double du hurlement de la jubilation. Les guerriers ne se retournent pas mais trépignent. Ils se mettent à danser en psalmodiant les remerciements aux dieux. Les pleureuses y ajoutent une nuée de sanglots. La petite reine a crié. Leur victoire est consommée.

28

Août 2001

Canarder une mouette. Une foutue mouette qui n'avait rien fait de mal à part saloper mes géraniums. Faut être givrée. Tirer sur cette pauvre bestiole plutôt que sur ma pomme. Heureusement que je vise comme un manche et que je l'ai loupée. Si ça se trouve je me serais loupée pareil. Je ne sais pas pourquoi j'ai soudain voulu crever à cet instant précis. C'est venu d'un coup, une envie irrésistible de me larguer. Un besoin impérieux d'en finir sur l'heure. Sans autre angoisse que d'y parvenir. Pas de peur, pas d'hésitation, aucun doute. Un pur oubli. Un enchantement. Juste avant que ça ne me prenne, il n'y avait aucune urgence, ni à mourir ni à vivre. Il a peut-être suffi de l'intrusion d'un cambrioleur pour déclencher ce désir irrépressible de disparaître. Juste un grain de sable, un caillou dans la pantoufle de mes routines. À quoi ça tient. Faudrait que je gamberge là-dessus. À ces petits riens qui nous séparent du rien. À ce qui peut surgir de précipice au détour d'un banal incident. Heureusement que je suis tombée sur ce pauvre bougre de Pain d'épice. Un vrai malfrat n'aurait pas hésité à me dézinguer sans prendre la peine de me demander si c'était le bon moment ou un beau jour pour mourir.

On avait quoi, même pas seize ans. Pour Julia ce devait être un beau jour pour se pendre. Ça faisait longtemps que c'était le bon moment. Depuis qu'elle était rentrée de l'école, un jour de printemps, les jambes ensanglantées. Huit ans, c'est pas un âge pour avoir ses règles. La mère a tout de suite compris. Elle n'a demandé qu'un nom, même si elle le connaissait déjà. Celui de l'ordure qui l'avait déchirée jusqu'au périnée. Julia ne l'a pas dit et la mère s'est tue. Le père est rentré et ils ont dîné.

Le suicide, c'est une pulsion foutrement tordue, parce que tu ne sais pas ce que tu fais, et c'est justement pour ça que tu peux le faire. Pendant toutes ces minutes où il fallait absolument que je meure, je ne me rappelle pas m'être posé la moindre question. Ça allait de soi. Je n'ai même pas pensé à la gomme qui efface les putains de souvenirs, ni à aucune métaphore ou justification à la noix dans le même genre. C'est après coup que les justifications sont venues, quand j'ai commencé à coucher tout ça sur ce fichu carnet. Il n'y avait pas de raison, sur le moment. Encore moins après. Et c'est passé comme c'est venu. Maintenant je peux toujours me dire que c'était un instant de folie. Je peux me dire ça, mais j'y crois moyen. Je ne me souviens pas de m'être sentie folle. Tout me paraissait au contraire très logique. Jusqu'à ce que je tire sur cette mouette à la con. Là j'ai commencé à me trouver bizarre. L'envie de crever s'est envolée avec elle.

Le bon moment pour mon père c'était le jour où il s'est pendu dans la remise. Lui aussi ça faisait un bon moment que c'était le bon moment. Il ne savait pas ce qu'il faisait mais il savait ce qu'il avait fait. Le bon moment c'est quand tu sais ce que tu évites en évitant ce que tu sais. Le bon moment c'est quand tu te dérobes au bout d'une corde.

Sartaj campe au sous-sol depuis une semaine, sur une paillasse qu'il s'est confectionnée. Il a refusé la chambre d'amis, il ne peut pas imaginer coucher au même étage que sa petite reine. Il fait tout, les courses, le ménage, le chauffeur, la cuisine, la conversation. Il fait tout sauf me cambrioler. Il se tait quand je ne parle pas. Il se retire quand j'ai envie d'être seule. Même pas besoin de le dire, il anticipe. Il surgit quand j'ai soif, faim, froid ou chaud. Bref je me la coule douce avec un sikh qui m'est tombé du ciel. Il me laisse rêvasser sur la terrasse, m'endormir aux étoiles. Quand je me réveille le plaid me couvre jusqu'au menton, et mon shot de vodka m'attend sur le guéridon à côté de mes clopes.

Je me suis doutée qu'il n'avait pas la préscience de mes besoins et de mes moindres envies par pure magie ou intuition démoniaque. Il a avoué qu'il m'avait espionnée pendant des jours et des nuits avant de tenter de me cambrioler, planqué dans les rochers, derrière les palmiers ou à plat ventre sur la plage. Il connaissait mes manies et mes rituels, mes heures et mes promenades. À quels moments il pouvait me dépouiller. Ou m'assassiner. Il m'a expliqué, avec son accent à débiter des rondins à la tronçonneuse, qu'au départ il ne voulait pas faire un gros larcin mais juste me piquer de quoi se payer un billet retour pour son pays. Comme il n'avait aucune idée de la valeur de mes bibelots et fanfreluches, il avait hésité puis embarqué un maximum de choses au hasard pour les négocier chez un receleur chinois de ses connaissances.

J'ai proposé de lui payer son billet retour pour Lahore. Mais il ne veut plus retourner chez lui, au Punjab, depuis qu'il a rencontré sa Queenie. Il dit que le destin l'a poussé à l'endroit de ma mort pour qu'il devienne l'esclave de ma vie. Sartaj fait dans la poésie lyrique. Pourtant il n'a pas l'air si taré, ce Pain d'épice. Mais il est têtu. Il en démord pas, je suis sa petite reine. C'est étrange de se sentir révérée comme une souveraine. Pas comme une star de cinéma que les mecs rêvent de troncher et que les filles voudraient griffer au sang. Pas de ce genre de révérence dont je parle et dont Sartaj me comble. Sartaj me regarde comme une divinité bienfaisante. Ça me fait marrer. Une divinité bienfaisante. Une vieille cinglée oui.

Hier Hamilton a sursauté quand elle est tombée sur sa tronche enturbannée, un aspirateur à la main, ruisselant de sueur dans le corridor. J'allais quand même pas la prévenir, cette salope. Elle a lâché un petit cri de surprise. Mauvaise, la surprise. Ça se voyait à sa grimace. En revanche Sartaj a zieuté les protubérances de la miss comme en extase devant une apparition de la Sainte Vierge. Il s'est tétanisé. Ses muscles, tous les membres de son corps se sont tendus à l'extrême, en même temps qu'il se rétractait sur lui-même comme pour s'absenter. On aurait dit qu'il se lyophilisait sur place. J'ai cru qu'il allait me faire une attaque.

Pour égayer l'ambiance j'ai fait les présentations. Hamilton, ma surveillante de prison. Sartaj, mon esclave. Elle m'a demandé si j'avais entendu parler de l'abolition, juste pour faire sa maligne, avec le clin d'œil approprié qui tente d'établir une complicité dans la galéjade. Je lui ai rétorqué que l'esclavage, c'était encore meilleur depuis que c'était interdit. Elle a tendu une main à Sartaj en feignant une saine virilité. Sartaj s'est courbé en la prenant et l'a retournée pour en baiser la paume. Elle l'a retirée juste à temps avec un petit air horrifié qu'elle s'est dépêchée d'escamoter derrière son putain de sourire urbain à exciter mes envies de meurtre. Sartaj n'a bécoté que l'oxygène qu'elle déplaçait. J'ai fait remarquer à la pouffiasse que c'est elle qui traitait Pain d'épice en moins qu'un homme. Qu'est-ce qu'elle croyait, cette pétasse raciste, que mon sikh était contagieux ou quoi. Je l'ai séchée.

Sartaj s'est aussitôt retiré dans son sous-sol pour ne pas assister à la suite des festivités. Sans doute aussi pour aller s'astiquer sur les rémanences oculaires des sinuosités de l'appétissante salope. Dès qu'il a disparu dans ses bas-fonds, Hamilton s'est inquiétée de la dangerosité de la bête, si c'était pas de la folie pour une vieille sans défense de garder chez soi un coupeur de gorge potentiel. J'ai eu envie de la gifler. De lui crever les nichons à coups d'aiguille à tricoter. Au lieu de quoi je lui ai proposé du thé.

On s'est posées sur la terrasse. Elle sirote son Earl Grey en me jetant des œillades perplexes. Des œillades de bonne fille qui n'ont rien à voir avec l'agressivité sensuelle de son corps, ni avec sa fonction de garde-vioque. Julia me regardait comme ça chaque fois que je venais d'embrasser un garçon. Elle se demandait, sans oser me le dire, quel goût ça avait. De toute façon j'en savais rien, à huit ans tu mets pas la langue. À huit ans tu singes les photo-romans que tu piques à ta mère pour les reluquer en douce. À huit ans ton regard n'est plus pur, mais ton corps est innocent. C'était avant que mon père la viole. Après, elle n'a plus jamais eu ce regard, ni aucune sorte de regard du reste. Après elle ne regardait plus qu'à l'intérieur, vers son puits de décombres.

Hamilton me demande si j'ai parfois envie de parler. Ça m'arrive, que je lui réponds, mais pas avec n'importe qui. Elle veut savoir pourquoi je la déteste. C'est la première fois qu'elle pose une question aussi frontale, qui révèle ses sentiments en se servant des miens. Elle doit croire que je ne peux pas l'encadrer parce qu'elle représente tout ce que je ne suis plus, elle doit penser que je suis jalouse et amère de sa jeunesse, aigrie par ses formes ostentatoires, outrée par ses pièges à bite, abîmée par son énergie, insultée par sa beauté, humiliée par son autorité, fielleuse parce qu'elle a encore la vie devant elle. Elle doit le croire et en même temps douter, si elle me pose la question. Elle suppose que je suis comme toutes les vieilles carnes qu'elle torche ou qu'elle réprimande, repliée comme un raisin sec sur la disparition des chairs. Elle ne se doute pas une seconde que je l'exècre de vouloir être ma mère, alors que je voudrais qu'elle soit ma fille.

Rebecca Hamilton insiste. Elle se justifie des distances qu'elle tient à mon égard. Elle ne peut pas se permettre de se laisser atteindre. Elle ne fait que son boulot. Du mieux qu'elle peut. Ce que lui demande le docteur Glass. Ni plus ni moins. Pour ma santé. Elle ne me surveille pas par sadisme, qu'elle dit. Elle préfèrerait que ça se passe mieux. Que je lui fasse confiance. Confiance. Ça y est, voilà qu'elle attaque les gros mots. Je l'arrête tout de suite. Et je lui balance mon missile. Sans crier gare. Elle fait des yeux ronds à ma question. Elle n'ose me la faire répéter. On dirait Julia quand je lui ai appris que je frottais mon pubis sur les jambes des garçons pendant qu'ils m'embrassaient. Elle ne savait même pas que c'était possible. Hamilton a la même expression, mi-outrée mi-hébétée, en tout cas complètement déroutée. Elle devait s'attendre à tout sauf à ça. Elle a les larmes aux yeux. Ses lèvres s'entrouvrent mais rien ne sort. Sa tasse commence à chahuter sa main. Obligée de la poser pour éviter l'accident. Tant sa main tremble avec le reste de son corps. Elle se lève d'un bond. Là je vois que c'est tout son corps qui se révolte. Sa jambe trémule, incontrôlable. Dans un souffle à peine audible, elle me demande si je suis sérieuse. En guise de réponse je me contente de la fixer droit dans ses yeux mouillés. Qu'elle finit par détourner comme si mon regard était un crachat. Elle attrape son sac et déguerpit à toute vitesse, traverse la cuisine en heurtant une chaise, sort en laissant la porte grande ouverte derrière elle. J'entends ses talons aiguilles cliqueter follement sur les dalles du patio.

Je lui ai demandé si elle aimerait que je l'adopte.

29

Été

Angoa a cru que j'avais fait semblant pour lui sauver la face et sa vie si fragile entre mes mains. Il ne saura jamais que ma jubilation était vraie comme la dureté de Nago dans mon rêve, et la bourse pesante où il emportait sa vie au sommet des montagnes blanches.

La tribu ennemie s'est retirée avec Angoa, mon vainqueur dupé. Il ne reste plus que les cadavres lardés, les cases en cendres, les femmes apeurées, les enfants cachés, et les survivants à achever. C'est le rôle de la petite reine que d'ôter la vie à ceux qui souffrent. J'ai égorgé les blessés pour que leur dernier souffle ne sorte jamais par leur bouche. Leur sang chaud a giclé sur mes mains, mon pagne, mon visage. Il m'a lavé de leurs vies. Ils ne porteront plus de noms, ni de naissance ni de ma cruauté. Ils ne verront jamais les pluies.

Dans la tradition ancestrale de ma tribu millénaire, la petite reine doit faire la guerre à la tribu ennemie qui a décimé les siens. La guerre doit faire rage tant que nos vierges ne sont pas rentrées de leur fuite aux montagnes. Si elles rentrent violées ou grosses d'un homme, elles seront découpées par le sorcier. Mais le sorcier a été découpé pendant l'attaque. Je n'ai même pas eu à l'achever. Ça m'a manqué. Son esprit est maintenant au désert. Il reviendra dans le corps d'un jeune garçon quand les pluies seront tombées. Son premier geste de sorcier sera d'empoisonner les vierges profanées. Il leur distribuera une décoction de venins de guêpe et de scorpion pour qu'elles croient réparer leur fente déflorée ou dissoudre l'enfant que l'ennemi y aura logé. Le sorcier mentira sans mentir, il leur dira que la solution va restaurer leur pureté, et tout sera réparé par leurs convulsions et oublié dans leur dernier râle.

En attendant les pluies, il faut faire la guerre. Nous n'avons plus que sept guerriers. Aucun n'est un vieillard, il n'y a plus d'anciens parmi nous. La tribu ennemie nous en a débarrassés comme j'aurais rêvé de le faire. Comme on égorge des phacochères. Il reste les plus robustes et les plus vifs, ceux qui ont survécu à l'attaque, qui bondissent comme des tigres et courent comme des panthères. Ceux qui peuvent m'honorer de leur vigueur autant de fois qu'il y a d'étoiles sur la montagne blanche. Ceux qui n'auront le droit de me pénétrer que s'ils gagnent la guerre sacrée que je dois faire. Ce n'est pas pour eux ni pour le reste de ma tribu que je la ferai. Je veux faire la guerre pour capturer Angoa, celui qui m'a fait crier sans me pénétrer. Celui qui croit encore que j'ai fait semblant pour sauver sa vie, alors qu'il sauvait la mienne. Je veux capturer Angoa pour qu'il me fasse grosse de l'enfant de Nago.

Nous attaquerons cette nuit, avant que nos vierges soient rattrapées dans les montagnes et consommées, comme le veut notre fichue tradition millénaire de tribu ancestrale. Je réunis les sept hommes et je les préviens. Angoa ne doit être ni blessé ni tué. Angoa est à moi. Les hommes se regardent, ils ne savent pas comment faire, ils sont destinés au carnage. Ils pensent que je trahis la règle. Ils n'ont pas le droit de le dire, sinon je perpétuerai leurs noms de fiente.

Je demande aux femmes jeunes de participer à une ruse. Elles devront attirer hors de leur village nos ennemis les plus robustes. Elles se glisseront dans leurs cases enténébrées. Elles les réveilleront sans bruit pour qu'ils croient à un rêve de leurs dieux. Elles se promettront à eux s'ils les suivent dans ce rêve. Nos hommes les attendront cachés, poignards et lances pointés. Nos ennemis périront dans la soif du désir, captifs des fentes à l'instant où ils seront transpercés. Je veux une mort honorable pour ceux qui m'ont soulagée de la majeure partie de ma tribu. Nos ennemis mourront durs comme Nago.

J'irai avec les femmes dans la nuit, c'est moi qui vais sortir Angoa de son sommeil. Il me suivra car il croira rêver le plus beau de ses rêves. Et je le tuerai de plaisir pendant qu'on égorge les siens.

Quand sa sève m'aura inondée, je lui demanderai son secret, parce qu'il ne le connaît pas. Je lui demanderai comment il me fait crier sans même frôler ma fente, sans embrasser ma bouche. Comment il est ce qu'il est. Tant qu'il n'aura pas de réponse, il sera à moi. Angoa sera à moi tant que je vivrai ici, dans ce rêve. Je lui demanderai comment l'esprit de Nago l'a dévoré pour l'envahir.

Angoa qui me prendra et me prendra tant que je ne serai pas grosse de lui, de Nago. Tant que je ne porterai pas une fille qui me tuera. En attendant je l'appellerai Nago-Angoa, pour que son nom unisse ma vie et ma mort.

En attendant je prie pour que la nuit soit noire et la guerre fulgurante.

30

Août 2001

Avant qu'elle ne se pende, j'avais offert à Julia un vieux bouquin traduit du français sur une certaine Bovary, que j'avais trouvé à la bibliothèque municipale. Dans mon patelin du Midwest, la bibliothèque municipale c'était le débarras crasseux que le quincaillier avait aménagé dans son arrière-boutique. J'y passais pas mal de mon temps. Il n'y avait jamais grand-monde à part moi et pas plus d'une personne à la fois, comme si c'était une activité clandestine d'emprunter des bouquins. Au moins là j'étais peinarde et personne ne me reluquait. La bibliothèque, si on peut appeler comme ça les quatre étagères de livres usagés qui prenaient la poussière dans ce placard sans fenêtre, ne servait guère qu'aux bonnes femmes du coin qui cherchaient de l'évasion pour oublier les fesses à torcher, les futals à repriser, les poules et les oies à nourrir, les foins à rentrer, la tambouille du midi et du soir à préparer pour leurs ivrognes de maris qui les battaient à la cravache pour les remercier. Jamais un homme ne serait venu ou n'aurait aimé être vu à la bibliothèque. Il serait passé pour une fiotte. C'était comme ça dans mon trou à rats du Midwest, la lecture était un truc de bonne femme ou d'inverti. Et on considérait les invertis comme des malades plus graves que des cancéreux, infectés par la queue turgescente du diable.

J'avais refilé la Bovary à Julia après l'avoir dévorée en deux nuits, et je lui ai dit qu'on était pas les seules à s'emmerder à crever dans un patelin peuplé de crétins. On était pas les seules à rêver de s'enfuir par tous les moyens, y compris avec le premier beau parleur qui mettrait son nez dans nos affaires et ses mains dans nos corsages. Je ne sais pas si c'était une bonne idée de donner à lire cette histoire à Julia. Quand tu vois ce qui arrive de désillusions à cette connasse d'Emma et comment elle se zigouille à l'arsenic, ça te donne pas forcément envie de vivre. Je ne saurai jamais si Julia l'a lu, ou si elle l'a pris pour me faire plaisir. Mais quelques semaines après elle s'est pendue. Peut-être qu'il n'y avait pas de rapport. Peut-être qu'elle ne l'a pas lu et que si elle l'avait fait elle serait encore vivante rien que pour faire la nique à ce genre d'existence. Voilà le genre de vieille torture qui reprend du service dès qu'elle affleure dans mes putains de souvenirs.

C'est moi qui l'ai trouvée une fin d'après-midi d'été, toute bleue, avec des mouches autour et une flaque d'urine à ses pieds. Elle faisait une grimace dégueulasse et les guêpes lui rentraient dans la bouche. Elle s'était pendue dans la grange, à la même poutre où mon enfoiré de père se pendra. Je voulais pas qu'on la voie comme ça. J'ai essayé de la décrocher avant que sa mère et ses frères ne rappliquent. Elle était encore tiède et pesait un âne mort. Comme j'attrapais la corde, le tabouret a glissé sous mes pieds et je me suis retrouvée pendue à elle, à son cou de cadavre. On était là toutes les deux, enlacées à un mètre du sol, à penduler comme une putain de question. Mon poids aggravait la tension de la corde et son étranglement. Son cou s'allongeait, les cervicales ont craqué et j'ai cru que son corps allait se détacher de sa tête. J'ai lâché de peur qu'on ne nous trouve comme ça, dans cette humiliation de pisse et de pleurs. Je me suis foulé la cheville en tombant. Encore aujourd'hui, quand l'humidité est dense, quand la brume enveloppe la terrasse, cette douleur se réveille comme après la chute.

Pourquoi je vous raconte tout ça, je ne sais plus. Sans doute à cause de Hamilton. Faudrait pas qu'elle aille se pendre parce que je veux l'adopter, cette conne. Faudrait pas que l'idée de devenir ma fille lui colle un tel bourdon qu'elle la fasse enjamber une fenêtre et sauter dans le vide la tête en avant. Faudrait pas, ce serait dommage d'aller s'aplatir les miches sur le bitume pour si peu. Pour moi. Je délire. Personne ne se suiciderait pour moi. Et réciproquement. N'empêche, on est mardi et elle n'est toujours pas là. Aucune nouvelle depuis la semaine dernière. Ça m'inquiète. À vrai dire ça me travaille comme le refrain entêtant d'une comptine à la con. Comme si j'étais déjà sa mère.

Sartaj a préparé du thé glacé et l'apporte sur la terrasse. Il fait chaud à étouffer. Pas un pet de vent. La mer est plate, immobile, abattue. On dirait une roche lisse sur laquelle on pourrait se coucher pour se rafraîchir. À peine le temps de la contempler et Sartaj a déjà disparu. Il a dû voir que je ruminais. Il anticipe mes gouffres, devine mes besoins de vertige. Il surgit de nulle part quand il me manque quelque chose. Et quand il oublie un détail, même insignifiant, il bat sa coulpe et s'insulte dans sa langue à tronçonner des réverbères. Je l'entends dans sa cave quand il vitupère contre lui-même en crachant sur son miroir. Mon esclave et mon chambellan.

J'accepte peu à peu d'être sa petite reine. Sa Queenie. Pour le temps qu'il mettra à réaliser que je ne suis qu'une vieille carne aigrie et malfaisante. Le soleil s'effondre dans la masse océane. Toujours pas de Rebecca à l'horizon. Elle a peut-être eu un accident. Ou autre chose de plus grave. Je ne vais tout de même pas me mettre la rate au court-bouillon pour cette pouffiasse ingrate.

J'aurais pu sauver Julia. J'aurais dû. Ou pas. Je ne l'aurais pas sauvée d'elle-même. Ni de ce qui lui était arrivé. Je n'aurais rien effacé. Seulement essayé d'occuper la place, de faire écran. Si c'était possible d'occuper un si vaste désert. Je m'y serais sans doute perdue. J'aurais voulu m'y perdre. Je ne sais plus très bien ce que j'aurais voulu. C'est si loin. Si près. Il faudrait oublier. Si j'oublie, je la tue deux fois. Si j'y pense, elle me tue deux fois. Elle empoisonne ma mémoire, plus que mes autres disparus. Elle empoisonne mon poison.

Demain cet imbécile de docteur Glass veut encore me voir au sujet de mon dernier scanner. Il a dû trouver de quoi s'enrichir encore sur le dos de ma carcasse. Pourvu qu'il y ait assez de vieilles peaux dans la salle d'attente, je vais me régaler. Je vais leur faire péter les coutures, aux vieilles croûtes. Elles vont se vider en flaques de silicone sur le parquet en bois précieux. À la fin il ne restera que leur enveloppe translucide de fossiles emperlousés. Pourvu que Glass ait trouvé un laboratoire où ils cherchent des cobayes pour tester un nouveau gène mutant porteur d'Alzheimer. Sinon, pourvu que son coupe-papier soit à portée de main et sa jugulaire bien apparente.

Peut-être que Rebecca ne reviendra jamais. J'ai dû piquer à un endroit insupportable avec mon délire d'adoption.

Elle a dû croire que je me payais sa tête. Sa si jolie gueule d'ange. Je comprends que Pain d'épice ait été soufflé. Il n'a pas été soufflé que par sa jolie gueule. Il s'est pris tout le bazar en pleine tronche. Tout esclave qu'il est, ça reste un cochon, et c'est plutôt réjouissant. C'était la première fois que je voyais un regard d'homme sur Hamilton. C'est ce qui a dû me décider.

On dirait qu'il l'a inventé. Sartaj est un magicien du thé glacé. Sa fraîcheur descend du palais aux entrailles comme un tuteur liquide qui m'invente un centre et m'y accroche. J'y vois plus clair. Mon derche se cale dans le rocking-chair et je me répands. La nuit avance sur la baie, les loupiotes clignotent sur la corniche, je vais pouvoir m'en griller une. Sartaj a tout prévu, guéridon, cendrier, briquet. Il ne s'inquiète pas de me voir partir en fumée.

La terrasse dégorge les chaleurs de la journée, les bois arrosés au jet expirent des craquements exténués. Enfin un peu de brise. Pas de vagues, à peine de légers ressacs aspirés par le sable dans un bouillonnement de soda. Elle ne viendra plus à cette heure. Pourtant Hamilton sait que je suis menteuse. Elle aurait pu au moins vérifier si ma proposition n'était qu'une cruauté de plus. Peut-être que c'est ça qu'elle ne veut pas savoir. Le mensonge est plus vrai que la vérité quand il devient sa possibilité. Plus vrai et plus renversant. J'ai dû taper dans le mille sans le faire exprès. Elle doit se demander si c'est encore une de mes lubies séniles et passagères ou si je me suis délibérément foutue de sa gueule pour l'humilier. Et comme c'est pas trop mon genre de la rassurer. Les volutes de ma clope se défont dans l'air violet comme des nuages paresseux. Envie de somnoler. Je laisse faire mes paupières. Tiens, revoilà la mouette.

31

Automne

La première nuit de la guerre, mes guerriers ont décimé les plus vigoureux de nos ennemis par la ruse de nos femmes que j'avais imaginée. Comme elles les chevauchaient à l'écart de leur campement où elles les avaient attirés par le charme des caresses et le sortilège de la fente, mes guerriers dissimulés dans les rochers ont surgi à pas de fauve. Les sagaies, les flèches et les lames ont fait leur travail, vite. Aucun n'a vu sa mort arriver tant les femmes mettaient du cœur à l'ouvrage. La plupart d'entre elles ont découpé la dureté de leur mort pour la garder en elles jusqu'au retour au village, comme un trophée de vengeance et de victoire qu'elles ont jeté aux chiens, en riant aux étoiles.

Pendant la ruse mortelle, je me suis glissée comme le serpent nocturne jusqu'au campement à moitié désert. J'ai surpris Angoa dans son sommeil et le poignard sur la gorge il a été obligé de me suivre dans la nuit. Il tremblait en dévalant la montagne. Je l'ai poussé jusqu'au rocher où Nago m'a rendue femme. Angoa a supplié pour que je ne le tue pas. Je voyais ses larmes jaillir sous la lune et couler sur son torse jusqu'à son pagne. Il a imploré pour que je lui pardonne de ne pas m'avoir honorée. Il m'a remerciée d'avoir grugé sa tribu en faisant croire à sa vigueur et à ma jubilation. Je l'ai agenouillé sur la pierre tiède, face à moi. Je lui ai dit de fermer les yeux. Il a cru que j'allais l'égorger et ses larmes sont devenues ruisseau. Il a sangloté qu'il avait peur des femmes, qu'il n'était dur que lorsqu'il en rêvait, que leur présence l'anéantissait. Il a hoqueté qu'il ne comprenait rien à leur mystère. Mon cœur a chaviré. J'ai posé mon poignard à mes pieds. Je lui ai demandé de se taire. De fermer ses beaux yeux mouillés. Il a obéi, en frissonnant de tout son corps. J'ai enlevé mon pagne et approché ma fente de sa bouche en écartant les cuisses pour que mon suc s'écoule sur ses lèvres. Il m'a inspirée comme un parfum de fleur et son corps a cessé de trembler. Je lui ai demandé de me remercier encore et sa bouche s'est abreuvée. Il a découvert sa soif et m'a bue de sa langue suave et mouvante. Ses mains aveugles ont remonté mes jambes pour s'accrocher à mes fesses. Elles étaient douces et gauches. Il a gardé les yeux fermés.

Il m'a bue jusqu'à ce que ma source devienne rivière et que je gémisse. Son pagne s'est soulevé et je me suis empalée. Il a crié tout le miel qui lui échappait et son abondance m'a fait crier sur son cri. Je n'ai pas fermé les yeux pour ne pas voir Nago sous mes paupières. Je n'ai pas fermé les yeux pour que Nago meure vraiment et que son corps envolé trouve la paix des airs et la plénitude du vent. Je n'ai pas fermé les yeux pour voir les yeux clos d'Angoa me faire plus belle que la nuit. Sept fois j'ai crié sur son cri, sept fois sa dureté m'a redonné vie, jusqu'à ce que l'aube nous sépare.

Avant qu'il ne remonte à son campement, je lui ai dit que je ne le reverrai plus vivant parce que la guerre aurait raison de nos vies avant que les pluies viennent pour apaiser nos folies. Il a baissé les yeux en silence et rajusté son pagne sur sa dureté exténuée. Le jour se levait en dévoilant l'assèchement de la rivière comme une saignée dans la terre ocre. J'ai regardé dans son lit les pierres sur lesquelles j'avais marché en portant Nago noyé. J'ai regardé la rive où je l'avais ramené à la vie. Tout avait disparu. Tout était encore là. Dans ma poitrine comme dans une cage. Au loin, les décombres de mon village fumaient encore. J'étais la petite reine des décombres calcinés et des guerres perdues. Quand je me suis retournée, Angoa s'était volatilisé. Sur le rocher lisse où nous avions sept fois crié il ne restait que mon poignard immaculé d'où fusa le reflet du premier rayon jailli de derrière la montagne blanche qu'habitent les dieux et les vierges effrayées.

Depuis cette nuit-là, deux lunes sont passées. Trois depuis que Nago m'a révélée. Et quatre depuis que ma fente n'a plus saigné.

32

Août 2001

Quand j'étais petite comme trois citrouilles empilées, je prenais un bouquin, je l'ouvrais au milieu et je le posais sur la table en le retournant pour que ça fasse comme le toit d'une maison. Et j'inventais pendant des heures tout ce qui pouvait bien se passer dans cette foutue maison. Tous les drames, les mensonges, les trahisons, les vengeances et les coups qui pleuvent, mais aussi les rêves, les fantasmes et les plaisirs secrets. Je faisais ça avant de le lire, et le bouquin me racontait ainsi deux histoires pour le prix d'une. En général la mienne était la meilleure. Parce qu'en général les bouquins, les mauvais, ont ce qu'ils appellent un sujet. Un truc que tu peux résumer sur la quatrième de couverture. Un pitch, qu'ils disent maintenant. Ça déjà ça me gavait. Si tu peux résumer le bazar en trois lignes, pourquoi le tartiner sur trois cent pages. Ça me rappelait le Reader's Digest, une revue qui résume les bouquins pour t'éviter de te faire chier à les lire, auquel s'était abonnée ma mère, et qui servait de culture aux ploucs de mon patelin qui voulaient d'autres sujets de conversation que le cul de leurs cochons et le cours des céréales. Moi je n'aimais que les bouquins qu'on ne pouvait pas résumer, ni expliquer. Je préférais les voyages qui dispersent, les sorties de route et les détours inattendus que tu ne peux pas raconter en deux phrases. Les détails qui comptent plus que l'essentiel. Les pistes qui se perdent, les bavardages qui t'emportent et les personnages qui se fendent. Je préférais déjà le voyage plutôt que la destination.

Ça, ça n'a pas changé, même en épousant Simon, même en devenant sa pute légale et à demeure. Je savais d'avance où ça irait. Je savais qu'on baiserait encore comme des tordus pendant quelques années, que ça finirait par s'user, qu'il irait voir ailleurs si sa bite y était, qu'on passerait le plus clair de notre temps à se mettre sur la gueule, à se rabibocher, à essayer de divorcer. C'était couru d'avance. Si je m'en étais tenue au pitch, j'y serais jamais allée. Mais moi ce qui m'intéressait c'est le comment, le par où, le pourquoi et le pourquoi pas, et surtout ce qui n'était pas prévu et qui vous tombe dessus quand on s'y attend le moins. En fin de compte la seule chose intéressante dans une histoire, c'est l'accident. Ma tête est restée un livre retourné sur une table, qui imagine au moins deux voyages. Pour ce qui est des accidents, il suffit de les provoquer, ils n'attendent que ça.

Mes accidents s'appellent maintenant Sartaj et Rebecca. L'un est omniprésent, il sort comme un diable de sa boîte au moindre de mes besoins. L'autre est furieusement absente depuis l'incident. Je ne sais pas ce qui m'a prise de lui proposer ça. Pourquoi elle l'a encaissé aussi mal. J'ai dû taper dans le mille sans le savoir. Après tout je ne sais rien d'elle. Sinon qu'elle doit avoir des nerfs d'acier pour supporter mes silences, mes mensonges et mes injures en gardant son putain de sourire de bombasse impénétrable et sa posture d'infirmière irréprochable. Si elle se repointe mardi prochain, je lui dirai que cette histoire d'adoption n'était qu'une mauvaise blague. Tu parles d'une blague. Je vous ai prévenus, je suis une sacrée menteuse. On ne dit des mensonges que pour qu'ils deviennent vrais. Toutes les petites filles savent ça.

Sartaj conduit l'antique Cadillac Eldorado de Simon, modèle 1961 Convertible, qu'il a miraculeusement remise en état de marche et lustrée comme un joyau. Il s'est coiffé de son plus beau turban pour m'emmener ce matin chez cet enfoiré de docteur Glass. Comme il fait très beau, il a cru bon de décapoter le monstre noir qui ronronne sur la voie rapide. Ses ailerons de requin à l'arrière et ses tétons chromés à l'avant fendent l'air brûlant en éblouissant les passants. Manquent plus que des gerbes de fleurs pour ressembler à un corbillard. Sur la banquette arrière en cuir crème où Simon a dû culbuter plus d'une grognasse, j'accuse les bourrasques en pleine tronche avec dignité. Je vais arriver chez Glass coiffée comme un balai de chiottes. Tant mieux, je me marre déjà en imaginant la tête des vieilles croûtes dans la salle d'attente. En guise de ventilation, je vais leur faire goûter les restes gazeux du chili con carne que je me suis envoyé hier soir. Ça va les changer du N° 5 de Chanel. Le plus drôle, ce sera quand je demanderai à la plus coincée si elle vient voir Glass pour ses problèmes d'aérophagie.

Pourvu que ce connard de Glass ait détecté sur mon scanner les symptômes d'un Alzheimer. Si c'est ça je lui file une prime. Pourvu qu'il prenne un air tragique pour m'annoncer le début de la fin. Je le jure, s'il m'annonce ça, je lui roule une pelle à lui faire avaler mon dentier. Je lui fais un chèque à torcher un Rockefeller. Je lui baise les pieds. Je lui enfile des onces d'or dans le rectum. Bref je l'aime. Pourvu.

Au volant, Sartaj jubile. C'est la première fois qu'il effectue un déplacement officiel pour sa Queenie. Un grand jour pour lui. Il affiche un rictus bloqué en position béatitude. Il a dû lustrer ses dents aussi soigneusement que la Cadillac. S'il continue de l'ouvrir comme ça, il va se manger autant de moustiques que le pare-brise. Ça doit lui faire autre chose que son taxi pourri, de conduire ce vaisseau-amiral d'une époque bénie. Pain d'épice a fière allure aux commandes, il s'enorgueillit du regard admiratif des automobilistes qu'il dépasse et qui le saluent à coups de klaxons et de sifflets joyeux. À cet intant il n'a plus rien d'un sikh dépressif. Il suffit de pas grand-chose pour faire renaître quelqu'un de ses cendres. Il suffit d'une place.

33

Hiver

Quatre lunes ont passé. La guerre a duré. Toute la saison sèche nous nous sommes massacrés pour oublier la soif. Les vengeances semblaient interminables. On se battait pour un gnou, un phacochère, une antilope. On s'égorgeait pour un filet d'eau de la rivière devenue ruisseau avant que les boues ne l'avalent et que le vent ne l'ensable. Nous nous sommes combattus sans répit, humiliés jusqu'à l'épuisement.

Angoa n'est jamais réapparu et mon ventre s'est arrondi. Je ne saurai jamais de qui. Si c'est une fille je verrai bien à qui elle ressemble, de Nago, d'Elyadi ou d'Angoa. Ou de n'importe quel guerrier à qui je me suis ouverte. Si elle ressemble à l'un d'eux. Sinon il restera le parfum de sa peau, dont je saurai me souvenir. Si je survis à sa naissance. Dans la tradition millénaire de ma tribu ancestrale, lorsqu'il n'y a pas de chef clanique à découper quand naît une fille, on découpe la mère pour la jeter aux chiens dans le désert. Pour que la nouvelle petite reine n'ait pas de passé et qu'elle appartienne tout entière à l'avenir de son règne sacré. Il n'y aura pas de chef clanique à découper car ceux qui ont honoré ma majesté sont nombreux. Ils seraient obligés de s'entre-découper, et il ne subsisterait plus de ma satanée tribu que les malingres, les estropiés et les impuissants.

Si je survis à la naissance, c'est que je me serai enfuie avant. Je n'aurai pas d'autre solution. Mais fuir comment, et pour aller où. Plus je m'arrondis et plus tous me surveillent. Les pluies ne viennent pas. Les pluies tardent et les corps s'évident. Tout ce qui est trouvé de nourriture et d'eau est d'abord consacré à la petite reine arrondie que je suis. Je n'ai pas le droit de refuser leur abondance, même si des femmes et des enfants doivent en mourir desséchés. Je suis la reine porteuse qu'on gave quand tous se décharnent. Bientôt je n'aurai plus qu'une armée de squelettes. Mes guerriers restent prostrés pendant de longues heures devant leurs cases effondrées, qu'ils n'ont pas eu la force de reconstruire. Ils ne chassent même plus les mouches qui agacent leurs blessures, sauf pour les manger. Le village semble habité par des ombres qui se figent dans ses décombres.

Depuis la dernière lune la tribu d'Angoa s'est retirée au-delà des montagnes, pareillement décimée. La trêve plonge ce qui reste de ma tribu ancestrale dans une torpeur abrutie de soif. Tous me regardent, m'épient, comme si de moi devaient sortir le miel et le lait, les pluies et les victoires, l'avenir et les solutions. Ils en oublient les dieux de la montagne blanche. Tous me regardent comme la promesse d'une source.

Certains soirs je fuis en douce leurs billes affamées qui brillent sous les étoiles et leurs lèvres gercées qui supplient les pluies. Je me retire sur le rocher lisse où je suis devenue femme par la dureté de Nago. J'essaie de prier mais rien ne vient. Seulement le souvenir ardent de la déchirure qui fait crier et des scorpions qui tuent. Des scorpions il ne reste plus que l'enveloppe vidée dont les morceaux diaphanes roulent par le vent dans les interstices des rochers. De Nago ne survit que son rêve dans la petite reine. Mes beaux seins jaillis sont des sources. Je les tiens dans mes mains comme Nago les pétrissait. Je les presse de toutes mes forces et ma fente pleure sur le rocher lisse. Je suis la source qui n'abreuve personne.

Une nuit la source se tarit. Je ne pleure ni ne mouille. Comme si le charme de Nago s'était envolé. J'ai beau y penser, rien ne vient. Nago n'est plus une absence plus présente que le présent. Il est devenu un souvenir parmi mes souvenirs. Et quand mes souvenirs dansent et s'entrechoquent, l'un efface l'autre jusqu'à l'indifférence. Mais je ne pleure pas la joie que j'avais et les battements de mon cœur qui s'emballait à la vue d'un arbre ou au parfum d'un fruit. J'ai perdu la joie de cette innocence et mon cœur ne bat plus que de peur.

Je n'aime pas ce ventre qui me pousse et me repousse hors de moi comme si c'était moi qui devais sortir de mon corps pour lui céder la place. Je n'aime pas la place qu'il prend et ce qu'il me raconte de ma déchéance à venir. J'ai perdu la surprise d'être habitée, et l'impatience qui m'était venue quand je n'ai plus saigné. J'ai perdu l'envie de donner la vie à cet intrus qui va me la voler quand je l'ai à peine vécue. Je suis encombrée d'une vie qui n'est pas la mienne et qui presse mes entrailles comme si j'étais de trop. Parfois je voudrais le vomir comme un poison du sorcier. Parfois j'aimerais me réveiller et qu'il ait disparu comme le corps de Nago volatilisé après sa mort.

Je m'assèche, je deviens pierre. Je deviens ma propre chimère de petite reine figée dans le destin millénaire de sa fichue tribu ancestrale. Je me sens vieille, ma peau paraît écorce. Même si les pluies venaient, rien ne fleurirait de moi. Je n'ai plus le cœur à rire des duretés des hommes. Je ne m'amuse plus des pagnes que je soulève parmi les guerriers. Ma beauté ne me sert à rien. Au contraire elle m'enferme dans les regards de ceux qui espèrent ce que je contiens de source et de promesses. Je suis devenue ma prison et ma gardienne. Les petites reines ne s'évadent pas, sauf pour mourir découpées. Parfois je voudrais leur crever les yeux à tous. Ou les miens pour ne plus les voir me regarder. Parfois je voudrais que la vie soit autre chose que l'attente de sa fin. Je n'en parle à personne bien sûr. Une petite reine ne peut pas parler de son désespoir. Ni de rien qui ne soit source ou lumière. Ça, je ne le savais pas tant que j'avais la peur que mes seins poussent, que ma fente saigne, que Nago soit démasqué par les vieilles, que le chef tribal ne se réveille de son dernier sommeil pour me prendre et m'ensemencer. Tant que j'avais peur, j'étais vivante. Maintenant que la peur est devenue attente, je suis une pierre que le sable mord. Maintenant c'est la peur qui m'a. Même mes jolis souvenirs de Nago n'ont plus de goût. Quand il m'épiait sans se faire voir, quand je lavais son pagne imprégné de sa semence durcie.

Les jolis souvenirs ne me tuent plus. Ils se sont usés à force d'être toujours les mêmes. Nago ne me tue plus. Mes rêves sont vagues et lourds. Ils s'effacent au réveil et ne me laissent qu'un goût de sang dans la bouche. Pourtant les gens de ma tribu disent que je suis au faîte de ma beauté, au comble de ma splendeur, à l'apogée irradiant de mon règne sacré. De si haut je ne peux que chuter. Il ne me reste plus qu'à attendre de déchoir. Je ne sais pas m'y résoudre. Il faut que je trouve moyen de chahuter mon cœur engourdi, de le faire battre à nouveau comme lorsqu'il voulait sortir de ma poitrine d'enfant qui courait éperdue à la rencontre du monde. Trouver la pluie qui me rendra source. Ce ne sera pas une pluie d'antan, une de ces vieilles pluies que la sécheresse absorbe instantanément. Il me faut une pluie qui inonde et dévaste, autre chose que l'immobilité de la pierre. Quitte à précipiter ma chute. Il me faut autre chose que l'attente du sable qui ensevelit. Quitte à finir dans la gueule des hyènes au milieu du désert. La seule chose que je sais, c'est que je ne peux pas continuer à être Anoua, le nuage sans pluie dans un ciel vide. Il faut que quelque chose cède.

34

Août 2001

Il a dit gliome. Il a articulé ce mot lentement, gravement. C'est sorti de sa bouche comme une bulle de chewing-gum qui colle aux lèvres. Glass a l'air mauvais des mauvais jours. Il étale sur un tableau lumineux les tranches de ma cervelle découpées par le scanner. On dirait une collection de tubercules. Ou de papillons mutants. Une petite tache claire, ronde comme un impact de balle. Il l'a pointée de l'index et tourné autour en délimitant le lobe temporal gauche. Ses sourcils broussailleux froncent en repoussant ses lunettes sur son gros pif ashkénaze qu'il doit fourrer partout sauf à l'intérieur de sa femme. Il prend son air d'enfoiré omniscient. Le lobe temporal gauche, c'est le langage, la mémoire, les émotions. C'est là que la tumeur a décidé de creuser sa tanière. La mémoire, il a dit. Putain. Mon jour de gloire. La meilleure nouvelle depuis des lustres. Si elle pousse bien, ma petite tumeur, si je l'arrose tous les jours, elle va finir par la manger, ma saloperie de mémoire. À table. Bon appétit, gliome.

Glass demande si j'ai des symptômes, genre maux de tête, vomissements, pertes d'équilibre, délires émotionnels, amnésies partielles, etc. Rien, j'ai rien de rien. Mais dans l'euphorie je lui réponds que j'ai tout. J'anticipe mon bonheur. Glass se met à me déblatérer toute sa science, à causer ponction, opération, trépanation, chimio, radiothérapie et toute la panoplie du parfait secouriste. Si ça se trouve c'est une tumeur bénigne, il va l'éradiquer vite fait comme on écrase un moustique, qu'il me fait avec son sourire à trois briques. Non mais ça va pas la tête. Je lui colle une gifle aussi sec. Comme je vise moyen, ses lunettes valsent à travers la pièce en lui arrachant au passage un bout de peau de son gros pif d'Ashkénaze qui ne se mêle pas que de son oignon. C'est ma tumeur, que je lui hurle, et je la garde. Ça fait un siècle que je l'attends, c'est pas pour que le premier connard venu me la vole.

Il me regarde sidéré, avec son tarin qui lui pisse sur la lèvre inférieure et ses yeux clairs comme de la chair d'huître. Il ramasse ses binocles à tâtons et menace de me balancer aux flics pour agression caractérisée de son corps médical. Je lui réponds que s'il fait ça je le balance pour tentative de viol sur personne âgée, et sa réputation de gérontophile va faire le tour du quartier en moins de temps que Carl Lewis sur cent mètres. Je peux ruiner ta carrière et te faire jeter au trou en quatre lettres. V.I.O.L. Je sais bien que c'est pas crédible quand on avise mes vestiges. Aucun quidam normalement constitué n'aurait envie de culbuter un débris pareil. Sauf si c'est un pervers foutrement tordu. Un pervers qui passerait ses journées à ausculter des vieilles biques par exemple.

Comme Glass est un hypersensible de la réputation et qu'il doit avoir une évaluation assez juste de ma capacité de nuisance, il se rassied comme si de rien n'était, en essuyant son tarin sanguinolent avec un kleenex. Je lui fais mes excuses de faux-cul patentée. J'ajoute que j'aurais dû le frapper plus fort et lui péter le nez. Il apprécie médiocrement mes contritions et me prévient qu'ayant connaissance de ma tumeur il serait parjure à son serment d'Hippocrate s'il ne faisait pas tout pour me soigner. Il risquerait même de se faire radier, voire traîner en justice pour non-assistance à personne en danger. Je pige sa manœuvre. Il me la joue angélique.

Je lui demande combien. Son prix sera le mien. Combien tu veux pour oublier ma tumeur, connard. Il sait que j'ai les moyens de me payer son silence, son cabinet, son manoir sur les hauteurs de Bel Air, sa garçonnière de dix-huit pièces à Malibu, sa collection de Bentley et même un tueur à gages s'il n'entend pas raison. Glass proteste, outré comme un sénateur républicain à son premier toucher rectal. Sans vergogne il ose me dire que ce n'est pas une question d'argent. Manque pas d'air, le charlatan à trois cents dollars la consultation. Je regarde le gériatre multimillionnaire me faire son numéro de pucelle effarouchée, d'éthique médicale et d'humanisme compassionnel. Il me donne envie de lui en coller une deuxième. Il se débat comme un beau diable avec sa morale à la con. Faut dire que je n'y ai pas mis les formes. J'ai l'impression d'avoir sodomisé une oie blanche sans préliminaires. Et maintenant elle court dans tous les sens avec le fion en charpie. Il me saoule avec sa conscience professionnelle et son devoir médical. Je lui dis stop avant de choper la migraine et je dégaine mon chéquier. Daté signé, je lui balance la chose sur son bureau sans indiquer le montant. Je lui dis qu'il mette ce qu'il veut, ça m'est égal. Glass respire longuement, puis demande à réfléchir. Il veut que je lui signe une décharge. J'ai gagné.

Au garde-à-vous devant la portière de la Cadillac, Sartaj est ébloui. Il me dit, avec son accent à limer des molaires avec une scie à métaux, qu'il me trouve resplendissante. Un peu, que je resplendis. C'est le plus beau jour de ma déchéance. Sartaj en fait des caisses. Voilà qu'il me trouve belle comme un soleil. Couchant, le soleil. N'empêche, Sartaj jubile et son piano fleurit à ses lèvres. Il dodeline du turban. Bonne nouvelle, bonne nouvelle, qu'il chantonne en prenant le volant. Très bonne, que je lui réponds. Pouvait pas y en avoir de meilleure. Sartaj rit, et son rire est plus rafraîchissant que son thé glacé. Bonne nouvelle, je vais perdre la tête. Et la mémoire avec. Il a suffi d'un mot magique. Gliome.

35

Hiver

Ce soir j'ai attendu le sommeil. Il n'est pas venu. Ceux de ma satanée tribu ancestrale dormaient. J'ai su que le moment était venu quand une étoile en feu a traversé le ciel. Je me suis défaite de tous mes attributs de petite reine. J'ai enveloppé mon sceptre et mes bijoux d'or dans mon manteau sacré en peau de mangouste. J'ai lavé mon visage avec de la terre pour effacer les marques peintes de mon règne. J'ai enroulé un pagne large autour de mon ventre rond. Je me suis éloignée sans me retourner. J'ai pleuré mes dernières larmes sur le rocher lisse qui surplombe le lit à sec de la rivière et j'ai maudit les scorpions sans conviction.

Maintenant je grimpe la montagne à la recherche du campement de la tribu ennemie. Je ne sais pas encore si je vais me livrer ou si je vais me jeter sur eux pour qu'ils me découpent. Il faut que quelque chose cède. J'ai pris une lame sous mon pagne, qui m'entaille la chair tant que j'escalade les rochers enlunés. Angoa avait peur de ma jubilation. Il avait peur que ce qui m'inonderait de lui ne lui retire sa substance. Il avait peur que je le vide s'il me remplissait de lui. C'était une peur panique. Je lui ai injecté ce poison. La jubilation des femmes est une terreur pour l'homme. Aussi brave soit-il.

Je continue de grimper parmi les rochers escarpés qui m'écorchent les pieds et les mains. Le campement doit se trouver à l'abri du vent qui brûle, quelque part près du sommet, sur une plateforme ou dans une grotte. Impossible de se cacher pour l'approcher. Ils m'entendront, me verront arriver. Tant mieux. On verra bien si le destin craque, si la vie s'effondre. Et si je ne les trouve pas je poursuivrai au-delà de la montagne. J'irai derrière le monde pour voir de quoi il est fait. Avec un peu de chance mon ventre ne le supportera pas et se videra de cet animal qui n'est pas le mien. S'il survit ce ne sera pas de ma faute. S'il meurt non plus. Je ne suis pas une mère, je n'ai jamais été une fille. Je n'étais qu'une petite reine. Il ne fallait pas m'engrosser. Non, il ne le fallait pas. On n'est jamais prête à être habitée avant que d'habiter le monde. Je n'étais pas prête, même si mes seins poussaient et que ma fente saignait. Prête, je ne veux jamais l'être. Je veux dévorer le monde ou mourir. Ce qui me comble le ventre ne comble aucun appétit. J'ai voulu la guerre pour que ma tribu ancestrale disparaisse, pour me venger sur elle de la mort de Nago et de ma servitude de petite reine. Ma tribu est toujours là. Elle renaîtra sans moi. En moi. Je l'emmène en l'abandonnant. Comme je m'emmène en m'abandonnant. Peut-être que je suis folle après tout. Folle de me jeter dans la gueule des hyènes, sur la route des serpents, vers les morsures. Folle d'attente et d'impatience.

Je pousse sur mes jambes en feu pour m'élever encore. J'arrive à une plateforme qui domine la vallée. Il n'y a personne dans les vestiges du campement déserté. Seuls les ossements d'un enfant recroquevillé sur le sol, recouverts d'une fine pellicule de sable. Dans le foyer de fortune encerclé de pierres noircies, les cendres froides volent au premier souffle de vent comme des papillons de nuit. Mon ventre bouge. Il faut que quelque chose cède.

36

Août 2001

Gliome me dit que le temps presse. Enfin du suspense, des horloges qui s'emballent, des tic-tac en pagaille. Il faut que je m'active à mes souvenirs tant que j'en ai. Car lorsqu'il aura tout mangé dans le lobe temporal de ma cervelle, je ne me souviendrai même plus d'en avoir eu, des souvenirs. Et je vais savoir enfin l'éternel présent. Une terre inconnue, l'ultime aventure. Dommage que j'oublierai aussi sec. Mais c'est le jeu, on ne peut pas tout perdre et tout garder. Si ça se trouve j'oublierai aussi l'avenir. Avec un peu de chance j'oublierai même que je vais mourir. Ça doit être un truc comme ça qu'on appelle béatitude. Depuis le temps que je cours devant ma mémoire pour éviter qu'elle ne me rattrape avec ses pinces gluantes et ses baisers de vampire, la béatitude me ferait des vacances.

Ça m'en fait déjà, je ne souffre plus de la chaleur étouffante de ce milieu de mois d'août, ni des reflets éblouissants des vagues qui d'ordinaire me filent la migraine à force de m'y aveugler. Ce soir tout me paraît plus léger, plus intense. Ce soir j'ai une fringale de sensations fortes et de bouleversements irréversibles. J'ai des ailes de mouette et je suis prête à chier sur tous les géraniums du monde. Un appétit de pélican boulimique. Je dévore tout avec les yeux, les doigts, les narines. Enfin rien ne me rassasie. Merci Gliome. En me flinguant tu me redonnes vie. Pas pour très longtemps je sais, mais c'est justement ça qui me rend toute chose puissante et assoiffée de m'en pénétrer.

Sartaj veille au grain. Il m'a confectionné un pétard stratosphérique. La weed du Punjab. Son trésor d'immigré. Je vais aller me le fumer les jambes dans l'eau, jusqu'à ce qu'elles cèdent au tirant des vagues. Si je défaille, Sartaj ne sera pas loin pour me sauver de la noyade. Il n'est jamais loin, mon sikh à turban. Il veille comme un phare. Il jubile de me voir indigne et délurée. Il danse sur la plage comme un derviche tourneur. Il croit à l'éternité. C'est une idée qui commence à me plaire.

Avant l'éternité, il faudra que je règle quand même cette histoire d'Hamilton. Ça me court sur le haricot, j'ai pas la main verte sur ce coup-là. Je lui ai envoyé un message en lui disant que c'était une mauvaise blague cette histoire d'adoption. Mauvaise blague, faut voir. Elle perd rien pour attendre. J'ai d'autant moins renoncé que j'ai tapé dans le mille. Reste à savoir pourquoi avant de lui en repasser une couche. J'espère que mon texto va lui calmer les nerfs et qu'elle va ramener ses fesses de pute mardi prochain. À moins que cet enfoiré de Glass ne lui ait dit que c'était plus la peine. Le connard a pris vingt briques pour me laisser mon Gliome en pension. Vingt briques pour perdre la mémoire c'est une bagatelle, mais pour acheter le silence d'un connard c'est hors de prix. Ce qu'il n'a pas encore pigé c'est qu'en encaissant le chèque et au vu des résultats du scanner dont il a indubitablement eu connaissance, je le tiens désormais par ses cacahuètes rabougries d'Ashkénaze corrompu. Si elle ne se pointe pas mardi, je vais lui ordonner de me renvoyer fissa ma Rebecca, sinon mon chèque de vingt briques lui suffira à peine à payer sa caution pour sortir de taule.

Il faut aussi que je m'occupe de Sartaj. Quand sa Queenie ne se souviendra même plus de son surnom, je ne sais pas ce qu'il va devenir, ce bougre enturbanné. Qui va vouloir de lui, avec sa façade de toast au miel et son accent à fissurer les gencives. Comment il va échapper à l'expulsion dans ce pays de donneurs de coups de pied au derche. J'ai bien une idée, mais c'est pas gagné d'avance. Disons une intuition plutôt qu'une idée, car pour l'instant je ne vois pas très bien comment ça pourrait arriver sans un miracle. Et comme je n'ai pas le temps de compter sur les miracles, il va falloir que je m'en mêle. Et si je m'en mêle ça peut tout gâcher. Va falloir compter sur l'alignement des astres, les affinités électives et autres conneries dans le genre. Cela dit, j'ai bien un plan pour aligner les astres. Pour les affinités, j'ai un truc infaillible. Le genre d'embrouille qui m'a permis d'accrocher Simon à mes basques jusqu'à le traîner devant l'autel. Affinités électives, tu parles. Il n'y avait pas plus d'affinités entre Simon et moi qu'entre un chacal et un serpent. Au départ comme à l'arrivée. Mais j'ai eu très tôt l'intuition que l'insatisfaction était le plus sûr moyen de tenir un homme. Que tu lui donnes ton cul ou ton âme, ton cœur ou tes secrets, tu peux compter sur lui pour ne pas savoir les prendre. Même s'il en jouit comme un damné, même s'il te fait crier comme une chienne ou pleurer de bonheur, il vaut mieux gâcher son plaisir en lui pinçant l'orgueil. Il suffit de lui laisser entendre que tu es presque comblée. Presque, c'est pire qu'une gifle ou un coup de latte dans les roubignoles.

Tout est dans le presque. Ça laisse du boulot. Et une blessure saignante à l'amour-propre. Tant qu'il se donne du mal et qu'il saigne, il ne pense pas à autre chose. Ou à une autre salope. Ça tient le temps que ça tient, ce genre de combine. Moi ça a tenu jusqu'à ce qu'un cerveau lui pousse à la place de la bite. Un embryon de cerveau disons. Affinités électives, piège à cons. Il faut que j'instruise Sartaj. Même s'il est un peu allumé, c'est un débrouillard, un finaud. Comme moi.

En tout cas, tout doit être réglé avant que Gliome n'atteigne l'âge adulte et ne se mette à me baiser toutes les synapses. Un cancer en érection c'est pire qu'un taulard en permission. Ça tire tout ce qui bouge. Mais pour l'instant c'est qu'un bébé tout mignon dans ma tête, mon Gliome. À peine neuf millimètres de circonférence. Un fœtus. Celui que j'ai jamais eu avec Simon. Celui dont cette connasse de Dame Nature m'a privée en croyant me faire une bonne blague. Pour ce qui est de l'humour, elle repassera, la vieille salope. Tant pis pour elle, maintenant j'ai Gliome. J'ai Gliome et je danse parmi les vagues dans les brumes de mon pétard. Je pars en fumée, défoncée à l'éternité. C'est sûr, Gliome va grandir, se répandre. Il finira par m'engloutir dans un éternel présent qui vaudra son pesant de disparition. En attendant, il me met au monde.

37

Hiver

Ici je suis seule et personne ne viendra me chercher. Du haut de cette montagne je peux contempler les deux versants de ma vie. Celui qui descend vers mon village au bord du désert où se perd le sillon de la rivière. L'autre à l'opposé qui dévale à pic sur des plaines inexplorées, des savanes obscures dont je n'ai pas idée. C'est à leur lisière que je descends la nuit pour cueillir les quelques baies qui me servent de subsistance. Deux lunes ont passé et je me déplace de plus en plus péniblement à cause de ce fardeau vivant qui étire ma peau et poignarde mes entrailles. Parfois j'entends grimper des guerriers de la tribu d'Angoa qui se hissent au sommet pour épier mon village. Ils ne se doutent pas de ma présence sous leurs pieds, dans l'ombre de ma grotte. J'en ai déniché les serpents pour prendre leur place. Je suis devenue serpent. Au-dessus de moi, je les entends clamer leur soif de revanche et leur impuissance à nous anéantir. Je comprends qu'ils craignent une dernière attaque avant les pluies, qui ne viennent toujours pas.

Parfois, quand je descends à l'ombre de la lune faire une cueillette, je devine leur village d'où montent des fumées. Il est au pied d'une autre montagne, plus haute que la mienne et plus vaste. J'entends les voix des mères et les cris des enfants. Je sens le fumet de leurs cuissons. C'est là qu'Angoa cache sa peur, dans le bruit des siens. Je ne le rechercherai plus. Il s'est dissous avec mon rêve de petite reine. Je remonte à ma grotte quand le jour se lève, les bras chargés de fruits pourrissants et de racines malingres. Je fuis la lumière dans ma demeure serpentine. Je ne parle ni ne ris plus. Mes pleurs semblent lointains. Ils sont restés ensevelis dans le lit vide de la rivière. Ou dans l'écorce du rocher lisse. Je reste assise autour de mon ventre dans la fraîcheur de ma grotte, à regarder jusqu'à l'éblouissement ma fenêtre de pierre. En face, la montagne blanche reste muette. Les dieux sont à sec.

Ici je ne suis reine de rien. J'attends juste d'expulser mon intrus. De m'en débarrasser dans un nid de scorpions. De le précipiter dans le vide sur le versant des plaines où il amusera un chacal ou repaîtra une buse. Ensuite j'y verrai plus clair. Je choisirai. Retourner à mon village pour reprendre mon sceptre. Ou disparaître dans les plaines herbeuses à jamais. Je choisirai lègère. Légère de mon fardeau, de mon sceptre et de mon village. Si je dis que je choisirai, c'est que j'ai déjà choisi. Je n'y pense pas trop, pour ne pas gâcher la surprise. Pour l'instant mon ventre me bouche la vue.

Je dors l'essentiel du temps, jusqu'à ce que mon intrus me réveille. Je rêve de terres inconnues, où rien ne me ressemble. Il y a des formes et des couleurs complexes. Des peuples inouïs. Des rivières débordantes et des arbres qui ploient dessus. Parfois Nago m'apparaît. Je ne le reconnais pas tout de suite dans son habit de mort. Il me fuit. Je le poursuis pour découvrir sa cachette. Là où les morts disparaissent. Je traverse des déserts lumineux et des montagnes molles. Des trous précèdent mes pas. Je saute des vallées. Je cours jusqu'au bout de la terre, là où elle touche les étoiles. Au bord de la nuit, je me penche dans le ciel à la renverse, et il m'emporte vers le fond. Mais la faim et la douleur me ramènent à mon ventre, et je maudis toutes les mères et toutes les filles du monde. Il faut que je parte d'ici avant que je ne puisse plus bouger. Il faut que je descende dans les plaines inconnues.

38

Août 2001

Sublime Hamilton. Sa peau de pêche. Ses jambes longues et son short au ras des fesses. Ses tennis blancs et ses chevilles graciles. Son débardeur échancré sur ses seins fruités. Son profil de madone dysesthésique. Elle est réapparue ce matin, hâlée comme une visitation païenne. De retour du Mexique. Acapulco. Je n'avais pas pensé qu'elle pouvait simplement être partie en vacances. Elle me l'avait sûrement dit mais je ne l'écoute jamais, par principe. Je me suis fait un film sur les raisons de son absence, que j'ai prise pour une fuite. J'ai cru à une blessure qui n'était peut-être que sa lassitude. Je n'ai peut-être pas tapé dans le mille que je croyais. Elle, elle fait comme si de rien n'était. Comme si la scène où je lui ai proposé de l'adopter ne s'était jamais produite.

Rebecca a repris naturellement son rôle de nurse chic pour vioques blindés, avec toujours ce sourire à lui coller des baffes. Elle a dû mettre mon délire d'adoption sur le compte de la sénilité. Elle sait sans doute par ce connard de Glass que Gliome est entré dans ma vie. Et qu'il n'y en a plus pour longtemps. Que bientôt je ne me souviendrai plus de qui elle est ni de ce qu'elle vient faire chez moi. Bientôt elle ne pourra plus me gronder parce que j'ai balancé mes pilules dans les chiottes ou picolé de la vodka. Parce que j'aurai oublié que je l'ai fait. C'est pratique, l'amnésie. Si elle tarde à venir, je vais la simuler pour qu'on me fiche la paix.

Sartaj est en apnée depuis que Rebecca est réapparue. Je le soupçonne d'aller se masturber dans sa cave pour éviter de repeindre son sarouel en direct live. Le désir que Rebecca allume en lui le fige dans un état de sidération. À le voir trembler du turban comme un pudding, ça va au-delà du sexuel, au-delà du mièvre et du dégoulinant. Ça le dévore. Il en oublie mon thé glacé. Ça ne va pas s'arranger. D'autant que Glass a prescrit des visites quotidiennes de Rebecca à partir de maintenant. Elle va passer tous les matins et tous les soirs pour voir si Gliome se tient tranquille ou commence à me déglinguer. Ça m'arrange, je peux l'avoir à l'usure.

Elle va sûrement essayer aussi. La voix de son maître. Elle voudra que je me soigne, que j'essaie un traitement. Elle va vouloir me sauver, la connasse. Tous les matins je vais y avoir droit, à son sermon sur la chimio, les rayons, la chirurgie. Matin et soir je vais devoir me coltiner sa leçon de vie à la noix. Depuis quand les enfants apprennent la vie aux grandes personnes. Elle s'usera avant moi. De toute façon elle ne peut pas comprendre que cette tumeur, c'est ce que je pouvais espérer de mieux. Au lieu de me gonfler avec ses sornettes de guérison et son trip de sauvetage, elle ferait mieux de se faire démonter la couenne par ce pauvre Sartaj, qui en aurait bien besoin pour reprendre ses esprits et penser à apporter mes clopes sur la terrasse au soleil couchant. Elle ne lui accorde même pas un regard, cette salope. On dirait qu'elle est tellement sûre de son pouvoir de sidération que le trouble qu'elle jette n'est plus un enjeu. Attends un peu de vieillir, poulette, tu vas voir à quel point ça va te manquer, les yeux exorbités des mâles et les braguettes tendues qui leur servent de gouvernail. C'est ce que je lui dirais si elle était ma fille. Je lui dirais d'en profiter tant que c'est là. Tant que c'est là, t'as l'impression que c'est éternel. Et même l'éternité, tu t'en bats les fesses. T'en as pas besoin, puisqu'elle est là. Comme Sartaj qui te dévore des yeux dans son sarouel en mode camping. Tu ferais mieux de céder, bécasse. Un désir pareil, ça peut tenir une vie. Une vie où il te fera reine. Une vie où il sera ton maître parce qu'il est ton esclave. Comme mon Simon. Mon toutou. Demande-toi qui du chien ou du maître tient la laisse. Demande-toi qui veillera sur toi quand tu partiras en ruine. Quand tu feras des cauchemars. Quand tes seins pointeront vers ton bassin. Quand tu te sentiras inutile. Méchante. Aigrie. Seule. Demande-toi qui veillera. S'il n'a pas l'inélégance de partir avant toi. Si tu as la chance qu'il te survive. Demande-toi, connasse. C'est ce que je lui dirais, à cette bécasse monumentale, si elle était ma fille.

39

Hiver

J'ai marché des jours et des nuits, à l'écart des villages et des bêtes, en évitant toute rencontre. Je ne me suis arrêtée qu'une fois nourrie et abreuvée, pour être sûre de pouvoir me relever, pour avoir la force de repartir. Ici l'eau des ruisseaux est claire et le désert laisse place aux herbes. Ici la pluie est tombée. La nuit je me repose à l'abri d'un rocher, d'un arbre couché, d'un buisson. La rosée me recouvre au matin, elle me lave de mes rêves tristes. Je la bois en léchant ma peau. Ici il y a d'autres montagnes, plus tendres. Il y a des animaux que je ne connaissais pas, qui courent lorsque j'arrive, disparaissent et réapparaissent devant moi. Je voudrais m'arracher le ventre pour marcher plus vite. Il est plus pesant que moi, mais je résiste, je veux lui survivre. Ici le ciel est parfois blanc, fait d'un seul et immense nuage. Il abrite les plaines du soleil et des étoiles. Ici je suis Anoua, le nuage qui s'étend. Personne ne me révère mais je règne sur ma vie.

Après les plaines herbeuses et les montagnes tendres, il y a un désert de pierres. Je poursuis ma route, même si je dois mourir toute sèche. Je poursuis avec l'idée que plus loin il y a d'autres plaines avec d'autres ruisseaux. Je ne marche plus que la nuit parce que la chaleur me tue. Le jour je patiente à l'ombre d'un rocher ou dans un creux de la terre. Je marche comme ça des nuits entières jusqu'à ce qu'une montagne apparaisse. Je crois d'abord qu'elle est un rêve. Pourtant ce matin elle est là, plus blanche que la montagne blanche où se cachent les dieux. Elle m'aveugle, plus je m'en approche. Mes yeux doivent cligner pour distinguer ses contours. Des nuages de poussière volent sur ses crêtes. Du sable. Une dune immense qui encercle l'horizon. Je ne sais plus où avancer. C'est peut-être la fin de mon voyage. Je ne serai pas capable d'escalader une montagne de sable. Je ne suis pas capable de revenir sur mes pas. Je ne le veux pas. Si c'est ici que tout s'arrête, personne ne retrouvera ce qui restera de moi. Même les hyènes ne viendront pas jusqu'ici. Je sècherai jusqu'à tomber en poussière, jusqu'à devenir sable. Tant pis, je ne saurai jamais ce qu'il y a derrière la dune. Mais j'en rêverai jusqu'à la fin.

J'aperçois un monticule au pied de la dune. En approchant il prend la taille d'une case. C'est un abri de pierre construit de main d'homme. D'autres vivants que moi sont passés par ici. Où sont-ils allés. C'est peut-être une tombe. La mienne. Je fais le tour pour trouver une entrée. Il n'y a qu'un espace minuscule au ras du sol. Il faut que je rampe. Ça ne passe pas, mon ventre trop gros m'interdit l'accès. Si je retire des pierres pour me frayer un passage, tout risque de s'effondrer. Pour agrandir le passage il faut creuser le sol à la taille de mon ventre. Je m'écorche les doigts à arracher des pierres et la terre dure où elles sont prises. Mon sang coule et peint mes ongles cassés, et ma sueur ruisselle sur la poussière que je soulève. Je me bats comme si je devais retourner dans le ventre de ma mère. Comme si dans cette tombe il y avait une promesse de vie inversée. Un passage qui mène au-delà de la dune, derrière le monde. Avec la réverbération je ne vois plus ce que je fais. Mes ongles sont en miettes et ma langue sèche. La chaleur est si forte que je m'évanouis.

Quand je me réveille la lune m'éblouit. Elle est ronde comme l'œil d'un sorcier. Comme mon ventre. J'avais assez creusé pour passer. Je rampe sur le dos que des pierres acérées cisaillent. D'abord la tête, peu à peu le reste. Une arrête griffe le sommet de mon ventre. J'y suis. Dans le noir de cette tombe je ne distingue rien. Je sens sous moi comme un tapis d'herbes séchées. Un lit de paille. Je reste allongée, à bout de souffle. Lorsque je me calme, il n'y a aucun bruit, pas de vent. Pas d'insectes ou de scorpions pour animer les pierres. Je n'entends que mon cœur battre et par moments le liquide que brasse l'intrus en moi. J'entends mon battement qui ralentit. Je ne sais pas si j'en ai assez fait pour échapper à mon destin de petite reine. Je ne sais si ça en valait la peine. Je n'ai pas de regrets de mon village, de mon sceptre, de ma guerre, de Nago. Je ne sens rien d'autre qu'une fatigue immense, qui me fait du bien. Je crois que j'ai épuisé ce que je pouvais faire seule. Je suis comblée de cet épuisement. Je peux mourir heureuse.

Mes yeux se ferment et je rêve instantanément que je vole. Je vole allongée, mon corps monte et les pierres de ma tombe s'écartent pour laisser place aux étoiles. Je vois le désert et la dune qui s'éloignent tant que je m'élève. Je traverse des nuages qui brillent sous la lune. Sur l'un deux dansent des chiens et des hyènes autour du corps érigé du sorcier, dont les extrémités s'enflamment. Un milan lui dévore le cœur. Des scorpions lui sortent par la bouche et s'envolent aussitôt en traçant dans l'air des vrilles de lucioles. Cette fête de lumières et de mort se dissout dans les ténèbres tandis que je m'élève irrésistiblement. Une main géante et invisible me porte renversée. Je monte plus vite, dans un ciel noir, et je frôle des étoiles qui s'éteignent à mon passage. La lune m'évite en roulant des yeux amers. Les cieux se déchirent d'une fente immense qui libère un flot de sang bouillonnant. À mes pieds s'arrondit une trace de lumière orangée qui divise la vue. Une entrée de lumière s'y dessine, vers laquelle je vole. Mon ventre a disparu. Mes mains se détachent de moi, puis mes pieds, mes jambes. Un couteau invisible les découpe. Puis mon corps tombe vers la terre. À une vitesse inconcevable. Je ne suis plus que ma tête qui tourne dans l'air comme la toupie de bois que je faisais danser quand j'étais encore une promesse et une source.

Un bruit de pas sur les pierres me réveille. Les pattes d'un animal s'immobilisent devant le passage. D'autres pattes tombent de l'animal, celles d'un homme. Je le vois mais lui ne peut pas. Je suis couchée dans l'obscurité et les rayons de la lune frôlent à peine mes pieds. Je me retiens de respirer, de bouger. Il est figé, accroupi à l'entrée de mon antre. Je ferme les yeux de crainte qu'il ne les voie briller. Je l'entends heurter des cailloux. Je l'entends ramper, approcher, souffler. Il va forcément flairer mon odeur. Je pue la vie.

40

31 août 2001

Je note la date exacte car aujourd'hui est un jour mémorable. Je la note aussi pour quand je ne me souviendrai plus de rien. Aujourd'hui je vais piéger Rebecca Hamilton. J'ai tout prévu, c'est imparable. Je vais bien m'amuser. Si ça marche. Si ça foire, je vais passer pour une sénile en phase terminale de connerie. Peu importe, dans pas longtemps j'aurai tout oublié grâce à mon copain Gliome.

En arrivant ce matin dans sa petite robe légère et fendue à faire bander des macchabées, Rebecca a annoncé qu'elle repasserait ce soir pour prendre ma tension, ma température et autres balivernes dictées par ce connard de Glass, qui ne peut pas s'empêcher de continuer à m'emmerder. Elle ne s'y attend pas, la bécasse. Sartaj non plus. Il ne s'attend vraiment pas à ça. Je l'ai priée à dîner. Elle a accepté non sans une certaine surprise et une brusque gaucherie qui trahissait son trouble. Moi, qu'elle a demandé, à dîner. Comme on ne voyait personne d'autre dans la pièce, à moins d'inviter une chaise ou un abat-jour, elle a fini par piger que ça s'adressait à elle. Drôle d'idée, qu'elle a fait, je croyais que vous ne pouviez pas m'encadrer. Justement, que je lui ai rétorqué, je ne demande qu'à réviser mon jugement, ce sera l'occasion de mieux se connaître. Elle est repartie méfiante, mais elle viendra. Pour une fois, je ne l'ai pas insultée. Ça a dû lui faire bizarre.

J'ai ordonné à mon Sartaj de prévoir le meilleur des repas pour sa Queenie et son invitée. Il en a fait de tels bonds qu'il a failli décrocher le lustre avec son turban. Depuis, il chante dans sa langue à vous perforer les tympans avec un tournevis rouillé. Moi aussi je suis tout excitée je l'avoue, impatiente comme une gamine qui trépigne à la promesse d'un cornet de glace à la pistache. Vivement ce soir qu'on rigole. On, ce sera surtout moi. Je doute que ma petite pute et mon esclave soient d'humeur hilare à l'annonce de ce que je leur prépare. Quoique. Tant pis, ça passe ou ça casse. Si ça passe, je me casserai en paix. Si ça casse, je m'en passerai en rogne. M'en fiche, c'est un caprice de mourante, ça ne se discute pas.

Auparavant il faut que je rende visite à mon avocat. Me revoilà la crinière en folie à l'arrière de la Cadillac décapotée, pendant que Sartaj jubile au volant en rythmant du turban la mélopée exotique qu'il massacre à tue-tête. Il ira faire son marché pour le dîner pendant que maître Feuerstein, du cabinet Feuerstein & Firestone, s'appliquera à rédiger mes dernières volontés à la virgule près. À six cents dollars de l'heure il a intérêt à s'appliquer, l'enflure. C'est le genre à vous facturer dès qu'il pense à vous. Glass, en pire. Sinon que Feuerstein, lui, au moins il vous soigne. Et pas qu'en honoraires. Il ne rate jamais l'occasion de déclencher une procédure ou de poursuivre un pauvre bougre sous prétexte qu'il peut lui essorer le citron en votre faveur. Après la mort de Simon, c'est grâce à Feuerstein que j'ai tordu les couilles des plus grands studios jusqu'à ce qu'ils lâchent les droits de la myriade de films qu'il avait produits. Évidemment, Feuerstein a empoché quelques millions au passage, mais c'était pourboire et queues de cerise à côté du pactole qu'il m'a rapporté. Dont la liberté pas négligeable de faire chier le monde jusqu'à mon dernier souffle. Feuerstein, c'est de l'impitoyable version affable. Il s'avance poli, mou du gland, mais ne vous avisez pas de lui tourner le dos, il sodomise. À sec, si possible. Jack Warner s'en souvient encore, ça doit lui chatouiller les hémorroïdes dans sa tombe. Comme disait Simon, Feuerstein, il vaut mieux l'avoir en face que dans le fion. Ce matin pourtant je ne lui offrirai personne à enculer. Ça risque de le contrarier.

Son bureau ultramoderne ressemble à une chambre froide où on accrocherait des quartiers de viande pour égayer. La clim est glaciale, à fond les ballons. On se croirait dans une morgue. Ce qui ne l'empêche pas de transpirer comme un bœuf. Il a encore grossi, l'enflure. Ses doigts potelés courent sur le clavier pendant que je cause mes dernière volontés. Il demande d'une voix mielleuse à gerber si je suis sûre de ce que je fais. Un peu, que je suis sûre, ducon. D'un coup le voilà qui prend des nouvelles de ma santé. Des fois que ce que je viens de lui dicter serait le délire d'un esprit égaré. Je le vois venir. Jamais portée aussi bien, maître, dans quelques jours je vais tout oublier. Même ce que vous allez me faire signer. Même vos honoraires abusifs, l'obésité qui finira par vous faire exploser et votre bureau de médecin-légiste où il ne manque plus que votre cadavre congelé. Tout. Il avoue penaud les dix kilos qu'il a engrangés depuis la dernière fois que j'ai garni son compte en banque. J'aurais plutôt dit vingt ou trente, pour les kilos. Il est énorme. Le stress paraît-il. Tu parles. À force de ne baiser qu'avec des putes tu ne fais qu'aggraver tes carences affectives. Donc boulimie. Et plus t'es gros, moins t'es acceptable, sauf si tu payes des putes pour dénicher ton kiki dans ton amas de graisses. Cercle vicieux, Feuerstein. Tu n'en sors pas.

Feuerstein n'aime pas mes familiarités, ni mes intrusions dans son slip. Il n'ose pas le dire mais ça se voit à ses rougeurs sur ses bajoues. Il se referme comme une huître et met en route son imprimante. Il a quoi, Feuerstein, la cinquantaine à tout casser. Ça pourrait être mon fils si je m'étais fait engrosser à vingt-cinq balais. Avec sa bobine de vieux nourrisson ravagée par l'eczéma, ses lèvres rose carmin boursouflées d'herpès en croûte, il sent le sapin prématuré. Accumuler, comptabiliser, blinder, mourir blindé, crever de blindage, il n'y a peut-être que ça qui l'intéresse.

Pour changer de sujet en évitant le sien, il s'enquiert avec force ronds de jambe de savoir si je suis atteinte par l'horrible fléau de l'épouvantable maladie d'Alzheimer. Je lui réponds : mieux, Gliome. Lobe temporal. Le top pour bousiller la mémoire en un temps record. Il prend une mine déconfite de circonstance, balbutie des regrets qui sonnent comme des condoléances anticipées. C'est la vie, toutes les bonnes choses ont une fin, on est peu de chose en somme, les meilleurs partent les premiers, et tout ce genre d'inepties auxquelles on se raccroche quand on ne sait pas quoi dire à une apprentie macchabée. Arrivé à court de platitudes, il s'empresse de me proposer du thé glacé tout en balançant sa prose sur l'imprimante par pression de son index boudiné sur une touche de l'ordinateur. Il s'en bat la cellulite de mon Gliome. Il pense déjà à la chatte dans laquelle il va fourrer mes honoraires. Il a renoncé à avoir une âme. C'est plus commode d'être une machine.

L'imprimante débite les dizaines de pages de son jargon d'enfumeur professionnel. Son regard porcin se fixe dans le vide, balaie la ville qui s'étale au pied de la colossale baie vitrée. Il évite surtout de croiser le mien. Mon regard l'emmerde, je devine pourquoi. Je suis en train de partir en cacahuète. Il va perdre une cliente. Une grosse, avec plein de zéros à la queue. La perte, c'est son problème fondamental. De poids, d'argent, de procès. La perte commande la machine. S'il la regardait dans mes yeux, ça pourrait réveiller son pire ennemi. La compassion. Synonyme de ruine pour son édifice mental. La compassion c'est le cauchemar des planqués et des assassins. J'en suis pas. Moi j'insulte, j'agace, j'emmerde mon prochain. Ma façon de faire attention à lui. Feuerstein n'insulte jamais personne. S'il n'avait pas été bon avocat, il aurait fait un sérial killer redoutable. Il en a les qualités. Une belle ordure avachie dans sa benne de respectabilité.

Il pose devant moi le codicille à signer avec le sourire du lascar qui calcule en même temps la marge après impôt de ce qu'il va me débiter. Pas la peine de le relire, Feuerstein est un maniaque du détail, un obsédé de la virgule qui flingue, du renvoi qui abrège tout commentaire, de la définition qui achève. Il ne laisse pas traîner la moindre imprécision, ne laisse pas courir la plus petite ambiguïté ni rien qui puisse prêter à un commencement d'embryon de molécule d'interprétation potentiellement contradictoire. Tout est bordé, cadré, référencé. Aucune place pour l'imaginaire. Il deviendrait fou à rédiger un roman. La moindre scène lui prendrait des milliers de pages. Il décrirait tout du sol au plafond, de la terre au ciel, des volumes aux couleurs en passant par les odeurs et les perspectives. On échapperait de justesse à la formule atomique de chaque matière dépeinte, au nombre de cellules contenues dans l'œil du héros. Ce serait aussi chiant à lire qu'un procès-verbal d'assemblée générale de copropriétaires. T'es à peine au quart que t'as déjà oublié le début et que t'as plus envie de connaître la fin. Là je lui ai sorti deux phrases et il m'a pondu quinze pages. Si je lui avais raconté ma vie il n'y aurait plus de forêt en Amazonie.

Au moment de signer, mon cœur s'emballe comme quand j'embrassais Julia sur sa bouche de rose en caressant ses seins tendres comme des mandarines mûres. Parfois nos langues se touchaient et je croyais défaillir. Parfois elle serrait ses cuisses autour des miennes en respirant fort. Ses soupirs finissaient en sanglots de joie. Et mon cœur cognait ma poitrine plus vite qu'une mitraillette.

Feuerstein toussote poliment pour se rappeler à mon attention. Il me tend le stylo que j'avais laissé glisser de ma main pendant que je me perdais dans Julia. Je le saisis, je signe lentement le codicille, avec application, en jubilant. C'est le plus beau jour de ma mort.

41

Hiver

Je suis accrochée à lui depuis des jours et des nuits. On cahote sur sa drôle de monture à travers les dunes infinies. C'est une sorte de girafe avec une bosse sur le dos. J'ai failli tomber plusieurs fois, quand le sommeil me prenait. Il a fini par m'attacher à lui avec un lien de cuir qui nous assemble par la taille. Je ne sais ni son nom ni sa langue. Sa peau est plus claire que la mienne. Ses yeux sont bleus comme un ciel voilé ou comme l'eau d'une source. Je ne sais pas où il m'emmène. Entre son dos et moi il y a la rondeur sur laquelle je me courbe pour que ma tête repose sur le bas de sa nuque si je m'endors. Autour de nous toujours du sable à perte de vue. Je ne lui parle pas non plus. Quand on s'arrête à la nuit tombée, la girafe à bosse se couche et nous sert d'abri contre les vents de sable. Il me donne à manger et à boire. De la viande séchée et de l'eau tiède. Sans un mot.

Il est jeune et vieux. Il porte des vêtements qui couvrent son corps malgré la chaleur. Il m'a prêté une cape pour que mon dos ne brûle pas au soleil et pour que la nuit je ne sois pas transie. Il attend que je me réveille pour repartir. Est-ce que nous allons quelque part. Je ne peux pas lui poser la question, il ne sait pas ma langue. On ne parle pas. C'est comme ça pendant des jours et des nuits, et encore des nuits et des jours. Mon ventre va exploser. Peut-être que c'est ici, parmi les dunes et les dunes qui n'en finissent pas, que je vais m'en débarrasser.

Je me rends compte que je ne sais pas accoucher. Personne ne m'a appris. On n'instruit pas une petite reine. Ce que je sais, je l'ai vu faire par d'autres femmes quand j'étais petite, mais je ne comprenais pas ce qui leur arrivait. J'avais échappé à la vigilance des vieilles, attirée par les cris. La femme était accroupie sur un pagne, elle poussait en hurlant. J'ai cru qu'elle n'arrivait pas à déféquer. J'ai cru que ce qui sortait d'elle était un énorme étron rose. Que le sorcier l'avait maudite et qu'elle expulsait sa malédiction. Une autre fois j'avais vu une chienne mettre bas et manger ses chiots les plus chétifs. Voilà ce que je sais de l'accouchement. Comme il ne reste plus beaucoup de viande séchée et que les dunes n'en finissent jamais, je vais peut-être manger l'intrus quand je l'expulserai. Je vais le partager avec l'homme qui ne parle pas. Il y aura à boire et à manger. Au moins pour survivre encore quelques jours. Je ne sais pas très bien pourquoi survivre, puisque derrière une dune il y aura encore une dune. À quoi bon vivre des jours pareillement vides. À moins que la répétition du vide soit le châtiment de mon désir du monde. Ce soir pas de vent. Je me couche à l'écart de l'homme, dans le sable encore brûlant. Je m'enfonce en lui et il épouse mes formes. J'en prends une poignée. Je la laisse filer de ma main lentement. Je me reconnais.

L'homme vient avec sa cape et me couvre. Je hoche la tête pour remercier. Il me regarde avec ses yeux d'eau. Je ne sais pas s'il me sauve ou s'il me capture. Il ne m'a jamais touchée, à part ces jours et ces nuits où je suis entée de force à son torse pour ne pas tomber de la girafe à bosse. Il n'a pas fait un geste, à part me donner à manger et à boire. Je ne rêve pas qu'il me prend. Je ne rêve pas de lui. Je ne sais rien de ses duretés, ni s'il en a. Ses yeux d'eau ne disent rien d'autre que le fait qu'il me regarde. Je ne lui souris pas. Je ne fuis pas son regard.

Comme il me regarde m'endormir, je lui dis : Anoua. Il ne sait pas que c'est mon nom de nuage. Il doit croire que je fais un vœu ou un salut dans ma langue qu'il ne connaît pas. Il doit penser que je suis folle, et perdue. Il attend peut-être que la nourriture vienne à manquer pour me dévorer. Je ferme les yeux pour éteindre mes peurs. Je ne connais pas son nom, mais dans mon for intérieur je l'appelle Diago-Lam, le sauveur de mère. Je l'entends s'éloigner, le sable qui crisse sous ses pieds. Je ne sais pas ce qu'il attend. J'en sais de moins en moins au fur et à mesure que je m'enfonce dans ce désert.

42

31 août 2001

Sur le chemin du retour Sartaj m'a déposée à une agence de voyages sur Rodeo Drive. On m'a installée dans une cabine VIP, un truc pour Queenie dans mon style que des Simon décédés ont blindée de dollars à claquer. Je les vois défiler en liasses dans les yeux de la poupée siliconée qui me demande quelle sorte de voyage je projette. Si elle savait. Un aller simple pour nulle part. Un trip mortel avec Gliome. Elle n'a pas ça à son catalogue, pas la peine de chercher. Et ça tombe bien, ce n'est pas ce que je viens trouver.

À travers la vitrine, je vois Sartaj qui parade au volant de la Cadillac garée pile devant. Il se la pète comme s'il était le roi du monde, le menton en avant, avec cet air détaché et souverain qu'ont ceux qui sont à leur place. Putain d'ange gardien. Sikh fêlé si poétique. Danseur de plage. Esclave libéré. Pourvoyeur d'herbes folles. Chauffeur céleste. Un cadeau de Dieu, si j'y croyais. Et si j'y croyais pas, pour les cadeaux le divin spécialiste était mon défunt mari.

Simon, je suis sûre que c'est toi qui m'as envoyé ce doux dingue en pain d'épice. Ça ressemble à un de tes coups d'épate. Tu as dû soudoyer le tenancier de je ne sais quel enfer où tu végètes pour qu'il dégote ce miracle à turban et qu'il lui fasse croiser mon chemin avant que je ne te rejoigne. Ça ressemble bien à une de tes putains de magouilles, enfoiré de Simon. Le gosse que tu m'as pas fait, version Bollywood. Ce serait un plan luciférien pour me faire aimer la vie au moment de la quitter. Une vacherie infernale. Il n'est jamais trop tard pour bien faire, se gaussent les abrutis qui croient racheter leur vie de merde par un coup d'éclat qui se termine le plus souvent en coup de pute. Sartaj, ça doit être ton ultime coup de pute pour me faire chier jusqu'à la fin. Comme le jour où t'as dégainé le voyage de noces à Venise et que t'as oublié de prendre l'avion parce que t'étais resté coincé dans le sosie de Grace Kelly. J'ai gondolé toute seule pendant quatre jours dans la Sérénissime, à maudire le pont des Soupirs et à gerber dans le Grand Canal, avant que tu me rejoignes la queue basse et les roubignoles en charpie. Salaud. Heureusement que t'as rappliqué au Danieli précédé par douze carats de diamants montés en rivière. Que j'ai aussitôt balancés dans la lagune. Ça t'a fait quelques frais supplémentaires, tous ces plongeurs qui ont remué la vase pendant trois jours. Sans compter la collection de cendriers de Murano que je t'ai jetée à la figure, dont la moitié que tu as évitée a fini éclatée sur les tapisseries de la Lagoon View Suite à trois milliards la nuit. Je vois encore la tête de ton American Express Platinium devant la note de la piaule où t'as jamais pu me toucher, même le bout d'un sein, même un cil. Charmant, le voyage de noces, que tu pestais. T'as eu tout faux, Simon, moi je rêvais d'une cahute sous les cocotiers loin du monde. Et toi tu me colles Venise, repaire d'antiquaires frustrés et de romantiques dépressifs. Les canaux puent la fiente. Les pigeons de la place Saint-Marc vous chient sur les épaules. Le moindre musée est envahi de japonais hystériques qui mitraillent leurs tronches devant les audaces du Quattrocento. Pas moyen de contempler la beauté sans se prendre un flash dans la gueule. Les gondoliers vous pètent les écoutilles en braillant leurs barcarolles à la con qui vous restent dans la tête autant que sur l'estomac. Toute la ville dégouline de nostalgie et d'excréments. Vivement que la mer noie tout ce merdier.

Bien entendu, me fait la Barbie, je suppose qu'on ne parle pas de budget. Elle suppose bien la connasse, on en parle moins que jamais. C'est vulgaire l'argent, hein cocotte, surtout le mien en l'occurrence, qui va largement financer ton prochain lifting de la chatte pour y accueillir un connard bodybuildé bronzé au toaster qui doit te ramoner à ses moments perdus en rêvant à Pamela Anderson. Une faute de goût à ton image. Connasse. Je ne lui dis pas tous ces trucs qu'elle m'inspire, mais elle devine que je le pense à ma façon de la fixer en balançant mon chéquier sur son desk. Je veux ce qu'il y a de plus beau, de plus cher, de plus dépaysant, de plus luxueux. Le truc fatal qui saisit aux tripes. Mais attention, pas du luxe de métèque saoudien ou de fanfaron soviétique qui claque ses pots-de-vin dans des baignoires de Dom Pérignon. Pas de robinets en platine, de cuvettes en bronze et de balais de chiottes en fil d'or. Je veux du luxe qui ne se voit pas. Du luxe qui se respire, qui émane, qui envahit l'âme. Elle prend l'air de piger mon trip. Elle a tout à fait ce qu'il me faut. Bora-Bora. Un faré sur un îlot privé de l'atoll, avec tout le personnel et le yacht amarré sur le ponton garni d'un capitaine et de marins au garde-à-vous. Je lui fais dégager le yacht, ça me rappelle les parties de jambes en l'air de Simon. Une pirogue à la place. Pas de problème chère madame, quelle couleur la pirogue.

Virez-moi le personnel aussi. Juste un gardien et une femme de chambre. Pas de cuisinier non plus. La pêche c'est pas que pour les pélicans. Elle fait défiler un diaporama sur son écran. C'est plus beau qu'Hawaï, les buildings en moins, le mystère en plus. Et pas d'Américains. Le paradis. C'est parfait, je prends. Oui, pour deux personnes. En jet privé, ça va de soi. Qui est l'heureux élu, s'enquiert Barbie pour remplir son formulaire. Elle doit s'attendre à ce que je me barre en goguette cinq étoiles avec un gigolo à tablettes comme celui qui doit la déglinguer rectale sur son lave-vaisselle en pensant à Sharon Stone. Elle doit m'imaginer en vieille cougar qui va se taper un collégien imberbe à l'ombre des cocotiers. Elle va être foutrement déçue.

43

Hiver

Toutes les dunes ont une fin. Mêmes les interminables. On est venus à bout des plus infranchissables. À sec depuis des jours. Des somnambules sous la lune pleine. Plus de viande séchée. Plus de repères dans cet éblouissement le jour et le sommeil lourd des nuits. L'homme n'a pas fléchi. L'animal non plus. Par moments j'ai cru que je m'enfonçais dans un rêve sans réveil. Mon ventre me rappelait à la vie, aux douleurs, de plus en plus régulières. Puis au bout il y a eu une dernière nuit. Le vent pourvoyait un parfum nouveau, l'air semblait plus léger. Une fraîcheur que je ne connaissais pas. L'homme a fait un feu, mais il n'y avait plus rien à cuire. On s'est nourris de ce feu, et endormis l'un près de l'autre au creux de la girafe bossue, qui restait étrangement en éveil, cou dressé, naseaux au vent. Plus tard j'apprendrai qu'on l'appelle dromadaire. J'ai senti le souffle de l'homme sur ma nuque quand il sombrait dans le sommeil. Sa main s'était posée sur mon ventre, et sa dureté pointait contre mes reins. J'ai été rassurée. Et nous avons dormi.

À l'aube nous arrivons au sommet de la dernière des dunes et je crois être encore dans mon rêve de la nuit. Devant nous une étendue d'eau immense, qui fait le tour de l'horizon et déborde de l'autre côté du monde. Je n'ai jamais vu autant de liquide. Le sorcier en avait rêvé une fois qu'il était en transe. Il avait dit qu'il y avait ailleurs un autre univers qui attendait la sécheresse comme nous attendons les pluies, un univers inverse du nôtre, où on respirait de l'eau et buvait de l'air. Dans ma sacrée tribu ancestrale aux traditions millénaires, tous pensaient que le songe du sorcier avait été écrit par le dieu qui trompe la soif et attise le désir d'ailleurs. Plus tard j'apprendrai que ces eaux s'appellent mer. Mais à cet instant je ne sais pas quel nom il faut lui donner. Abondance. Lac des dieux. Ciel d'eau. Tous les noms paraissent minuscules en face de cette masse infinie. Aucun ne peut la contenir. Il faudrait un nom inachevé, auquel on ajouterait des syllabes au fur et à mesure de la découverte de son immensité. Mais comme il faut bien que les noms se terminent comme nos jeunesses et nos vies, je l'appellerai pour l'instant Tsévama, la mère des eaux.

Au bas de la dune, le sable continue à plat jusqu'à Tsévama et s'y enfonce. Plus tard je saurai que cette platitude s'appelle une plage. Au bout de la plage il y a un village qu'on devine à peine dans les brumes de chaleur. Diago-Lam me le montre en tendant son bras, comme s'il me montrait sa maison. J'acquiesce d'un basculement de tête. Puis mon regard est aspiré par l'immensité liquide dont le poudroiement rutilant se déverse en moi comme un sang inversé, indécent et tu. Je bois autant que je suis bue. Dans ma gorge monte un sanglot, je pleure devant tant de beauté. Je voudrais mourir ici, maintenant, pour que ma mort soit de joie. Mon ventre m'a offert un instant de répit. Sans suite. Quelque chose cède. Quelque chose d'organique. Un barrage de chair. Ça coule de ma fente. Je montre à Diago-Lam le jus opaque qui serpente sur le pelage de la girafe à bosse. Je remonte mon pagne jusqu'à ma fente pour qu'il la voie se vider. Il détourne les yeux et donne un coup de talon à notre monture. Il fallait bien que ça arrive.

La girafe à bosse dévale la dune à toute allure en soulevant des nuages de sable. On manque de se renverser à chaque pas. L'animal glisse parfois sur les genoux de ses pattes avant pour freiner sa course. Le village paraît encore plus loin d'en bas et les douleurs deviennent atroces. L'intrus veut me tuer avant que je ne m'en débarrasse. Il ne veut pas sortir, il se bat à coups de pied et de morsures à mes entrailles. Mon front s'appuie sur le dos de Diago-Lam et je crie, je crie, je crie, je ne sais rien faire d'autre tant les aiguilles transpercent mon ventre. Nous suivons la plage en direction du village. Diago-Lam presse sa girafe bossue à coups de talon et flagelle son échine avec un nerf. Elle galope maintenant en s'éclaboussant de l'écume laissée par les vagues. Elle souffle puissamment par ses naseaux pour répondre à mes cris. Je m'accroche de toutes mes forces au torse de Diago-Lam pour ne pas tomber. Je crois que je le griffe, que j'enfonce mes ongles dans sa chair. Entre les cris, je respire fort pour que ne reviennent pas les aiguilles et les morsures. Elles reviennent. Plus fortes. Je ne vais pas mourir de joie. Ni de lui non plus qui me cingle de douleurs. Je ne me laisserai pas faire. Je vais rompre le sort de ma tribu. Je revois la bouche édentée de la vieille et ses lèvres humides qui me racontaient avec jubilation ma naissance meurtrière. J'entends les pas de Chamah qui me faisaient peur quand il venait vérifier mes pagnes et palper ma poitrine. Je vois le scorpion sur la dureté de Nago. Je la sens encore m'ouvrir le ventre pour me faire femme. Je reconnais le goût de son sang dans ma bouche. Fille ou garçon, il ne tuera plus, l'enfant de la petite reine.

44

31 août 2001

Tout est prêt. Me suis faite belle autant qu'on le peut quand on ravale une ruine. Enfilé ma plus jolie robe d'été, celle à gros iris rouges imprimés sur une soie violette. L'air d'un bouquet fané. Fait oublier le parchemin de mon cou flasque en l'embrasant d'une coulée de diamants arrachée aux vases de la lagune par des plongeurs vénitiens. Ramassé ma tignasse pour l'encercler d'une couronne de bougainvillées tressée par Sartaj pour sa Queenie adorée. Tout l'après-midi il a couru de partout à m'en donner le tournis, suant et soufflant, le sourire scotché à la façade. Il a dressé une table somptueuse sur la terrasse, fleuri le plancher et les allées de pétales de rose, parfumé l'air d'encens, illuminé de centaines de bougies et de torches qui courent sur la balustrade, dévalent les escaliers et tracent un chemin de feu sur la plage, jusqu'au ras des vagues. La cuisine exhale des vapeurs d'épices subtiles, de coriandre, de crustacés. Le champagne est au frais, les vins carafés, les pétards roulés, les fruits rafraîchis.

Seule faute de goût, Sartaj a cru me faire plaisir en me collant du Bach en fond sonore. Quelle erreur. Je veux du jazz pour cette bacchanale. De la caisse claire caressée par des balais de velours et de la contrebasse qui geint ses contretemps pour que dévalent les rivières cristallines du Steinway d'Oscar. Oscar Peterson Trio, Live from Chicago. De quoi fondre l'âme des banquises et rendre la vue aux aveugles. Oui je reconnais, c'est de la triche, un piège à cœurs, un vieux truc d'embobineur, mais il faut des fleuves de mensonges et des torrents d'artifices pour extraire une larme de vérité d'un être humain. Et vu le temps qui me reste, je ne vais pas faire dans la dentelle. Je tends le vinyle à Sartaj qui s'exécute dare-dare et fait tourner la platine. Il se retire en s'excusant, il doit se préparer, il est temps, sa déesse va se pointer.

Je vais m'en griller une sur le rocking-chair. Grâce aux torches de Sartaj, pas de mouette ce soir. Tant mieux, la plume cramée ça chlingue à gerber, comme quand ma mère passait sur le feu le poulet qu'elle venait de plumer. Ce soir tout ce qu'on peut cramer, c'est l'éternité. On va brûler les étapes. Éviter les louvoiements et les malentendus. En attendant ce moment, que je prévois vers la fin du dîner, quand l'alcool, la musique, les pétards atomiques de Sartaj auront eu raison des pudeurs et des résistances, je savoure la fumée fade de ma clope, le ressac des vagues et Oscar Peterson. Putain. Simon. Vite un pétard.

Tu avais fouillé mon tiroir à culottes. Après tous les autres. Je ne sais pas quelle mouche toxique t'avait piqué. Tu hurlais : tu mens, tu mens depuis toujours. C'était vrai, mais j'ai continué de mentir en répondant que c'était faux. T'avais trouvé un paquet de lettres au fond du tiroir, celles que m'écrivait Julia quand on avait quinze ans. J'ai essayé de te les arracher des mains, tu m'as mis une torgnole. Tu les as lues à haute voix, une par une, dans l'ordre chronologique, jusqu'à la fin. Tu m'as obligée à écouter, à subir ce viol jusqu'à l'os. Ce secret, c'est tout ce qu'il me restait de moi. Ça t'avait rendu fou tous ces mots d'amour, de désirs insensés. Ça te rendait encore plus dingue de savoir que je les gardais, que je cachais ces lettres comme un trésor précieux. Quand avec Simon on s'était balancé toute la vaisselle à la gueule, hurlé l'un sur l'autre à s'en péter le larynx, quand les gifles avaient plu, les griffes griffé et les morsures fait saigner, il n'y avait rien de tel qu'Oscar pour apaiser le silence laissé par l'orage, pour transformer la rage et l'exténuation en funambule sur un fil au-dessus d'un précipice, un funambule qui danse au tempo des araignées magiques d'Oscar tissant sur son clavier ses fils scintillants qui vous prennent tôt ou tard à la gorge et vous emportent dans leur cocon. À moins d'être sourd comme un pot, on ne résiste pas à Oscar. C'est toujours moi qui mettais le disque sur la platine après les disputes, les mains encore tremblantes de fureur, en pissant mes larmes par le nez sur ma robe déchirée. Volume fort. Pour ne plus t'entendre m'insulter depuis la salle de bains où tu cautérisais tes plaies au mercurochrome. Tu finissais par te taire devant la majesté Oscar. Par revenir avec ton air de cocker abandonné, le torse couvert de sparadraps. On aurait dit un pneu rafistolé. Tu t'asseyais sur le canapé où je m'étais blottie pour pleurer peinarde et tu laissais faire Oscar, les yeux dans les godasses. Pour finir tu murmurais pardon je suis qu'un connard. Et t'essayais de m'embrasser. En bandant de préférence. Un bouc qui se jette sur les barbelés. Simon, Simon, Simon. Pourquoi tu ne viens pas avec nous ce soir. Pourquoi tu manques. Pourquoi je te parle encore. En même temps, tout est imprégné de toi ici. Il n'y a pas un meuble, un tissu, un objet que tu n'aies pas touché, bousculé, usé, brisé. Même sur cette cochonnerie de robe en soie que je suis folle de porter ce soir il doit rester de ton sperme incrusté au creux des fibres. Après toutes ces années et tous les nettoyages à sec. T'avais même pas pris la peine de me l'enlever avant de me renverser sur le sofa pendant qu'Oscar nous emberlificotait avec ses sortilèges. Tu me colles Simon. Tu m'englues. J'arrive pas à te nettoyer. Saleté de souvenirs. Vivement Gliome. Mange-moi la tête, cher cancer, vite. Une fois pour toutes. Mais pas ce soir. Demain quand tu veux. Demain serait parfait. Ou après-demain. Ce soir j'ai à faire. Et pas qu'un peu. Ce soir je piège le destin, je joue mon vilain tour à ce qui était écrit. Ce soir j'attends Hamilton. Sartaj attend Hamilton. La terrasse, les pétales, les bougies attendent Hamilton. J'ai l'impression que l'océan, la plage, les mouettes, le vent et même les étoiles attendent Hamilton. L'univers entier n'attend plus que Rebecca Hamilton pour s'accomplir.

45

Hiver

Elle est née, je suis vivante. Le sort est rompu. Toutes les prédictions de la tradition millénaire de ma tribu ancestrale sont déjouées. Je n'ai pas été violée après que j'ai mis bas, on ne m'a pas tranché les pieds ni jetée aux hyènes. Pourtant c'est une fille, j'ai vu sa fente rose sortir de ma fente, qui ne l'oblige à aucun royaume. Je ne peux pas l'allaiter, je suis sèche et trop faible. On l'a confiée aux nourrices du village. On l'enlève heureusement de ma vue. Je n'en veux pas. Je ne veux pas de ce règne. Je ne veux être ni mère ni reine ni rien de ce qui est écrit. Quand on la pose à mon flanc, je lui tourne le dos pour qu'elle pleure et que les nourrices la reprennent. Je ne lui ai même pas donné de nom. Aucun ne me vient. Elle ne m'attache pas. Elle ne me pèse plus. Elle ne m'a vidé de rien si ce n'est d'elle. Elle ne me remplit d'aucun battement, d'aucun manque. Dès que j'aurai retrouvé des forces, je l'abandonnerai, je m'enfuirai. Je fausserai compagnie à Diago-Lam, aux villageois qui veillent sur moi jour et nuit.

Diago-Lam semble être un chef parmi les siens. Cette case en bois où je repose est sa maison. Cette femme qui me nourrit est une des siennes. Ces enfants qui m'épient et s'éclipsent en riant sont son engeance. Depuis la nuit des temps de ma vie je n'ai jamais été une étrangère. Je découvre l'étrangeté de ceux qui me regardent comme une étrangère. Je ne leur suis ni précieuse ni indifférente. Ici je suis plus et moins qu'une petite reine. Plus surveillée et moins prisonnière. Ici je peux être Anoua tant que je ne bouge pas. Mais aucun nuage n'est immobile, ni constant. Je suis Anoua, le nuage qui bouge, se défait et se reforme d'autres nuages.

Des jours passent et je peux m'asseoir. Demain, si mes jambes me portent, je sortirai de la maison pour regarder Tsévama et son immensité. Je l'entends jour et nuit respirer ses vagues et recracher ses écumes. Elle coule jusque dans mes rêves comme une rivière qui lave. Je l'écoute m'effacer jour après jour, et je pense que c'est moi qui suis née au moment où j'ai accouché. J'en remercie cette enfant sortie de ma chair, que je n'aime pas plus que moi. Je ne l'aime pas et je ne la hais pas. Je suis heureuse de ne plus la porter. Je vais pouvoir me porter moi-même. Mais j'ai pour elle cette gratitude de m'avoir menée jusqu'ici, au seuil de ma vie, là où commence un autre commencement. Demain j'irai voir la mer et je m'en emplirai. Demain est un jour auquel je pense pour la première fois comme à un aujourd'hui. Il n'y aura bientôt plus d'hier pour l'empêcher.

Les femmes sont venues me laver et panser mes plaies. Je ne les crains pas. Leurs mains blanches s'affairent sur ma nudité sombre. Elles prennent leur temps. Elles frottent ma peau avec une sorte de mousse verte. Plus tard je saurai que ça s'appelle éponge. Plus tard je saurai le nom des choses qui n'existaient pas avant que je naisse ici. L'une d'elles nettoie mes seins et les autres rient. Mais leur rire n'est pas moqueur. Une autre me tend son éponge et désigne ma fente. Elles n'y toucheront pas. Elles se sont arrêtées aux cuisses et au bas du ventre. Elles détournent le regard tant que je lave ma fente encore endolorie de la déchirure. Du sang séché, presque noir, s'accroche à l'éponge. Je la rince dans la bassine, des fragments flottent à la surface comme des insectes noyés.

Les femmes m'ont rhabillée avec des vêtements tissés qui couvrent ma tête et ma poitrine. Je leur ressemble maintenant, sauf par la peau qu'elles ont diaphane, où serpente le bleu de leurs rivières de sang. Je n'ai plus l'habitude de cacher mes seins depuis que j'en ai, ni celle de me coiffer d'un voile plutôt que d'une couronne. Ici personne ne sait que j'étais une petite reine. Les femmes se retirent en baissant la tête dès qu'entre Diago-Lam, qui ne sait pas quel nom je lui donne, et ne me donne pas le nom qu'il porte. Mais j'ai entendu certaines de ses femmes l'appeler Chahine. Plus tard je saurai que Chahine veut dire faucon royal. Mais plus tard sera trop tard et à ce moment je ne sais pas encore qu'il est un prédateur volant qui enserre ses proies jusqu'à son nid. Sinon j'aurais compris pourquoi il m'a transportée jusqu'ici. Ses serres étaient ma faim, ma soif et ma solitude. Je préférais Diago-Lam, le sauveur de mère, à Chahine le prédateur qui m'enserre. Je préférais m'accrocher à lui sur la girafe bossue que finir dans sa prison de bois, de voiles et de femmes. J'aurais dû l'égorger quand il m'a trouvée dans la tombe de pierres.

Chahine porte un plateau sur lequel fume un pot à côté de deux récipients transparents comme l'eau de rivière. De l'eau solide. Je saurai bientôt que ça s'appelle du verre. Il pose un récipient devant moi et l'autre devant lui. Il s'assied en tailleur sur le sol, face à moi. Il verse le liquide brûlant aux senteurs mentholées. Il en boit pour que j'en fasse autant. Je n'y touche pas, je secoue la tête pour dire que je n'en boirai pas. Je fixe ses yeux de brume en attendant qu'il montre ce qu'il désire. Il appelle quelqu'un dans sa langue. J'entends enfin sa voix, qui claque comme la foudre. Deux de ses femmes accourent, tête basse, évitant son regard. Il désigne à leurs poignets le bracelet dessiné sur leur peau. Un lien d'encre aux motifs serpentins. Il me montre qu'il porte le même bracelet d'appartenance et prend ma main pour la parcourir de son index en faisant le tour de mon poignet. Je comprends qu'il veut me lier à lui, que ce soit inscrit dans ma peau. Je comprends qu'il me veut pour femme ou pour servante, ce qui revient au même. Il veut que je sois des siens et dans son ombre. Un sanglot serre ma gorge, que je retiens. Je ne montre rien, comme si je n'avais pas compris. J'écarquille des yeux d'idiote. S'il veut me faire son épouse ou son esclave il n'a pas besoin de mon consentement. S'il veut que je consente, c'est pour satisfaire son orgueil de maître. Je comprends soudain que le désert, les dunes et l'immensité de la mer étaient aussi ses mirages pour m'emprisonner. Je ne veux plus appartenir. Je ne veux pas être à eux, pas plus qu'à ma tribu ancestrale, à ma fille, aux dieux, au fantôme de Nago ou au faucon Chahine, le sauveur-prédateur. Je ne veux être à rien ni à personne. Pas même à moi. Je veux être au monde.

Sa colère suinte de son regard de cendre. Pourtant je n'ai rien dit, ni manifesté le moindre refus. Je reste docile et hébétée. Une chienne. Il s'agace et renverse son verre et se brûle. Sa main endolorie me gifle d'un revers. Ma lèvre saigne mais je souris. Il comprend que je ne me soumets pas. Il se lève de rage et sort en invectivant ses femmes apeurées qui s'affaissent à son passage. Je suis déjà ailleurs.

46

31 août 2001

Assoupie sur le rocking-chair par la potion magique du Punjab, je rêve de la tombe de Julia au pied d'un peuplier de Virginie. Une simple stèle plantée dans les herbes hautes, et des mousses accrochées aux lettres de son nom. Je vois à travers la terre son corps intact qui repose mains jointes sur sa poitrine. Elle porte sa robe de communiante. Les vers qui grouillent autour ne la dévorent pas. Il n'y pas de marque à son cou. C'est un carré de cimetière aux tombes clairsemées, réservé aux suicidés. Je suis seule et je dépose un baiser sur la stèle froide. D'un ongle je gratte un morceau de mousse sur la première lettre de son nom et la pierre saigne. Le sang est sombre et dense comme celui des règles. Lettre qui saigne et abreuve la terre. Au même instant sous mes pieds ça tremble. Julia se débat dans son cercueil, frappe des poings aux parois qui n'émettent aucun bruit. Je veux la sortir de là, la mettre à jour. J'ai une pelle et je creuse. Je creuse et je creuse et il n'y a rien. Bientôt je suis au fond d'un trou d'où je ne vois qu'un rectangle de ciel et une branche du tilleul qui craque sous le poids du corps pendu de Julia.

Lorsque j'ouvre les yeux Hamilton est là, assise à table dans un halo de lumière, encadrée de bougies et de torches. Sartaj lui sert un apéritif en suant à grosses gouttes. Il a mis sa tenue d'apparat, son plus beau turban, un bijou à l'oreille. On dirait un prince, un maharadjah. Sa main tremble en versant le Martini dry dans une coupe où éclatent deux glaçons. Il ne l'a jamais approchée d'aussi près. Elle est magnifique. Rebecca. J'ai lu quelque part que son prénom signifie celle qui est rassasiée. Ce soir elle va le mériter.

Rebecca se tient très droite. Ses mains reposent à plat sur les accoudoirs. Sartaj piétine, ne sait où se mettre, s'il doit se retirer, rester, que faire, qu'éviter de faire. En oscillant du bassin à la tête, il exhibe son sourire le plus niais et ses dents de piano désaccordé qui reflètent les lueurs des flammes. Tout en lui semble agité. Tout en moi reste engourdi. La persistance rétinienne du visage convulsé de Julia se détache dans l'encre du ciel et finit par s'estomper. Il faut que je m'étire avant de m'arracher à mon rocking-chair. J'ai la sensation que mes os se briseront comme du verre au moindre mouvement. Rebecca me regarde faire avec son putain de sourire bienveillant. Mais là j'oublie l'envie de lui péter les dents. J'oublie la haine, les sarcasmes, aucune insulte ne me vient. La pire des vengeances est de générosité. Ce n'est pas un hasard si on couvre de cadeaux ses pires ennemis. On les couvre comme une marmite, pour étouffer leurs feux et atténuer leurs effluves. On les couvre pour ne plus les voir. Pour les regarder se débattre sous le poids des offrandes. S'emmêler les pinceaux dans les emballages, s'encombrer le paysage de gratitude obligée. Tout cadeau est un cheval de Troie. Dedans il y a des guerriers insoupçonnés, la revanche, l'emprise, la lâcheté, le rachat, qui sortiront leurs têtes de carnaval au moment voulu.

Simon s'y connaissait en cadeaux. Le salaud. Mais ce n'est pas ce genre d'offrande que je réserve à Rebecca. Je ne veux pas la faire mourir de honte d'avoir refusé que je l'adopte. Je ne cherche pas à me venger de ma tortionnaire en médicaments, de la geôlière de ma santé. Ni à lui faire payer sa beauté resplendissante, l'éclaboussure de sa jeunesse et son corps à faire bander les cadavres. Non. J'ai plus fort.

Sartaj accourt dès que je me lève, comme si j'étais un joyau dont il avait la garde. Je l'écarte du geste agacé qui chasse la mouche, je ne veux pas qu'il m'aide. C'est un chemin à faire seule. Qu'importe, il jubile en m'accompagnant de ses Queenie-Queenie adorateurs pendant que je traîne ma carcasse endolorie jusqu'à la table. Il tire déjà la chaise où je m'assois, face à Rebecca, aveuglée par la bougie qui nous sépare. Sartaj bondit pour la déplacer hors du champ de vision. Je l'observe un instant. Sa robe orangée l'épouse comme une peau. Elle n'a encore rien dit. Je lui chuchote doucement bonsoir Rebecca. Je ne l'ai jamais appelée comme ça jusqu'à ce soir. Elle pique un fard et le nez dans son assiette. Il y a un silence long où la brise engouffre un soupir léger. Une vague s'étale sur le sable et se retire avec un pétillement infini. Rebecca relève les yeux et me fixe sans défi ni haine, ni rien que je puisse définir à cet instant. Elle me répond. Elle me répond et mes larmes jaillissent. Elle me répond bonsoir maman.

47

Printemps

Des lunes ont passé et j'ai longtemps chevauché la girafe à bosse. À mon poignet reste incrustée l'appartenance que je fuis. Je l'ai emportée avant qu'elle ne m'emporte. Dans ma peau d'ébène les sinuosités bleues de l'encre injectée se devinent à peine. J'ai longé des plages et des baies, grimpé des falaises, évité des villages, des pêcheurs, des fauves, mangé des coquillages et des poissons aventureux, couché sur des dunes ou au creux des herbes, compté les étoiles, les pas et les jours. J'ai longtemps chevauché.

Il s'en est fallu de peu que je meure des mains de Chahine. Il s'en est fallu d'une lame, plantée dans son cœur pour qu'il arrête de m'étrangler. Je lui avais refusé ma couche et sa dureté dans ma bouche. Je m'étais débattue, j'avais crié. Personne ne venait à mon secours. On aurait dit que tout le village était devenu sourd. Quand il a rendu son dernier souffle, j'ai coupé sa dureté et je l'ai rentrée dans sa bouche pour qu'aucun souffle jamais ne lui revienne. Pour la honte de m'avoir sauvée dans ce but si dérisoire de gloire et d'orgueil. Pour mes rêves de peur. Pour tous les mots qu'il n'a pas dits. Pour ceux qu'il a gravés en forme de bracelet dans ma chair contrainte. Pour ses yeux couleur de noyade.

Mes cris sont devenus de plaisir pour faire penser à tous que Chahine me remplissait de jubilation. J'ai crié l'illusion devant son corps inanimé et le sang séché à sa poitrine, jusqu'à ce que le village sommeille. Aux premiers signes du jour j'ai couru détacher la girafe à bosse. Elle m'a reconnue et s'est dressée sur ses longues pattes.

Je n'ai pas vu l'enfant avant de m'enfuir. Elle ne m'aura pas connue. C'est mieux que de mal connaître, de croire que je suis une mère. Elle grandira comme j'ai grandi, sans rien avant, rien derrière qui retienne son désir du monde. Peut-être que des femmes lui raconteront son abandon, mon ingratitude, ma sauvagerie, nos origines inconnues. Peut-être qu'elle en fera des cauchemars. Elle sera fille de l'absente qui tue. De l'étrangère. Ou peut-être on ne lui dira rien pour qu'elle ne s'invente pas de souvenirs. Peut-être qu'elle deviendra leur petite reine.

48

31 août 2001

Putain de Rebecca, tu as scié la branche de mon envol. Pire qu'un coup de pied dans le ventre. J'ai chuté, déséquilibrée par le raccourci. Maman. Le nom jamais porté, auquel je ne pensais jamais avoir droit. J'y tombe. Avec les larmes sur la soie de ma robe, un ruisseau qui glisse sur un tissu de mensonges. J'arrive pas à arrêter ce putain de liquide. Cet enfoiré de Glass m'avait prévenu, Gliome dérègle les émotions. Sartaj accourt avec une boîte de mouchoirs. J'en veux pas. Je veux que ça coule, cette saloperie, que ça coule jusqu'à plus soif, jusqu'à ce que je me noie ou que je me dessèche pour de bon. Ça sort sans parole, sans sanglot. Une fontaine. Putain de Rebecca.

Elle n'aura jamais dit oui, ni oui ni non ni peut-être. Elle n'y aura jamais fait la moindre allusion. Elle a fait comme si c'était une étape inutile. Elle a sauté directement à son effacement dans ce mot de maman. Qui est aussi un nom à dévaster tous les autres. Avant qu'elle le prononce je ne savais pas. Je ne savais rien. Elle a plongé ma tête dans une rivière de larmes. En me nommant. C'est un baptême.

49

Printemps

J'ai cru à un de mes rêves de sueur et d'effroi. Ils ont surgi sur la dune, chevauchant des montures de fer, dans un vacarme de tonnerre. La girafe à bosse a pris la fuite, me laissant seule avec ma terreur. Ils ont fondu sur la plage comme une tempête des dieux. Je n'ai pas bougé, foudroyée au sortir du sommeil. Ils portaient des coiffes qui luisaient au soleil. Ils avaient des visages de fer. Ils m'ont prise et m'ont emmenée.

Sur la place d'un village immense je suis ligotée par les pieds et alignée avec d'autres femmes jeunes, dont la peau est plus claire que la mienne. Un homme très gras, avec une tête d'enfant, m'inspecte des pieds à la tête. Il met ses doigts sales dans ma bouche pour écarter mes lèvres, il vérifie mes dents comme il l'a fait pour les autres. Il palpe mes seins et soulève mon pagne pour voir ma fente. Deux autres me tiennent pour que je me laisse faire. Il crache dans sa main et me pénètre, puis renifle l'index qu'il ressort de ma fente. Il l'essuie sur ma poitrine et relève ma tête par le menton pour inspecter mes narines, mes oreilles, ma chevelure. Il crie des choses à ses hommes, qui me soulèvent et m'emmènent sur un chariot de fer où d'autres femmes ligotées attendent. Certaines sanglotent. Nous attendons là interminablement, sous la braise du soleil vertical. Une vieille apporte une cruche d'eau, que toutes se disputent. Elles se frappent entre elles, se griffent et se mordent pour s'arracher la cruche des mains. Elle tombe et se brise. Elles se jettent à plat ventre pour laper l'eau salie de rouille sur le plancher de fer. Elles sont pires que les hyènes entre elles.

À la nuit tombée le chariot de fer où nous sommes entassées se met en marche avec ses lumières qui tracent la route. Dans les ténèbres du village immense que nous traversons j'aperçois furtivement le blanc des yeux écarquillés qui nous regardent passer. Puis c'est la piste dans les dunes et la poussière et la fumée qui brûlent les gorges et les ornières qui secouent le chariot de fer et nous font rebondir et retomber les unes sur les autres et le vacarme qui assourdit la mer et les vents de la nuit. Je regarde au-dessus de moi les étoiles et la lune qui semblent me suivre. Je pense que je suis un grain de sable qui se perd sous les vagues. Je pense à demain, au monde que je ne connais pas.

Plus tard j'apprendrai les noms des villes et des pays traversés pendant toutes ces années. Violée et battue à chaque étape. Livrée à des militaires, à des chefs de clan, à des marchands de chair humaine, à des esclaves affranchis. Échangée contre des pierres précieuses, des sacs de denrées, des médicaments, des cartouches de cigarettes, des bouteilles d'alcool, des munitions. De camion en camion. Toujours sous les bâches, avec des cochons, des poules, des prisonniers, des soldats, des cadavres, des paniers remplis de serpents, des barils de kérosène. Des enfants faméliques qui nous lancent des pierres. De l'eau volée à la sauvette. Des coups qui pleuvent. Des chiens en laisse. Des nuits dans les oasis et les vallées. Du Coca-Cola. Des pains de glace qui fument au soleil. Des boîtes de corned-beef. Des fusils. Des capotes. Toutes ces choses que je sais nommer maintenant.

Vendue finalement à Tanger, le 5 avril 1960. Je n'ai pas su mon prix.

50

31 août 2001

Il faut que je retombe, sur mes pattes ou sur mon cul. Peu importe, ça va faire mal de toute façon. Il faut que je revienne à maintenant, à ce soir et ce dîner, à ce que j'ai préparé de trésors dans ma cervelle de vieille folle. Je vais boire pour ne plus pleurer comme une conne d'incontinente.

Sartaj fait couler le champagne et les alcools qui consolent. Je l'ai convaincu de se joindre à nous pour partager l'orgie culinaire qu'il a si longuement préparée. Ça n'a pas été sans mal. Il a d'abord refusé, surpris et confus, agitant les bras dans un mouvement de recul. Un papillon qui se brûle à une ampoule. Une mule. Prêt à crever pour rester un sous-humain. Envie de lui claquer ses dents de piano et de lui botter ses fesses de sikh borné. Suis passée au chantage, pas le choix. Balancé cambriolage, voleur, police, papiers, expulsion. Il a blêmi et s'est assis à table, replié comme un raisin sec, entre Rebecca et sa Queenie. Je l'ai obligé à boire dans la foulée. Il s'est exécuté comme on saute dans un précipice. J'ai eu honte de faire tout ça. Le remords de marcher sur la gueule de celui qui te vénère au point de se laisser marcher sur la gueule. Pas de quoi pavoiser, la vieille. Mais c'était indispensable qu'il s'assoie à cette table, au rang que je lui réserve.

De tout le repas il n'a pas osé regarder du côté de Rebecca, de crainte de mourir foudroyé par sa splendeur. Pas même une œillade furtive. Terrorisé, jusqu'à ce que l'alcool fasse son job et que son visage de pain d'épice se déplie peu à peu, que son dos se redresse et qu'il ressemble enfin à un prince. De tout le repas Rebecca n'a pas prononcé un mot. Elle s'est contentée de sourire vaguement à l'agitation de mon sikh dévoué en savourant le poison délicat qu'il avait distillé pour elle et sa petite reine. Le repas s'est déroulé ainsi, en silence, dans le tintement des verres et la mélopée des couverts sur les faïences, qu'enrobaient les envolées déroutantes des araignées magiques d'Oscar Peterson.

J'écris ça comme ça, avec toutes ces images un peu lourdes, ces singeries salement émouvantes, pour vous donner une idée de l'ambiance étrange, hors du temps, presque religieuse de ce moment unique de ma vie. Je l'écris aussi parce que je vais l'oublier à jamais. Ça fera partie de mon testament. De toute façon, ce qu'on écrit est toujours testamentaire. Ou testamenteur. Pour ce qui me concerne, ce sera un peu des deux. Il vaut mieux raconter ce qui est arrivé et ce qui ne l'est pas, au cas où ça viendrait à manquer, ou à se produire. En tout cas c'est comme ça que j'aimerais que ça se soit passé quand je ne me souviendrai plus.

Le repas terminé, Sartaj s'est précipité sur nos assiettes et a filé en cuisine. Rebecca s'est relâchée sur son fauteuil d'osier, elle a tourné la tête vers le ciel constellé de promesses en m'offrant son profil parfait. Grace Kelly, version volcan. Une gifle aux étoiles. La beauté, c'est une insulte, un crachat à la face du monde. J'ai connu ça. Bien connu. Tu la portes comme un fardeau que la concupiscence des hommes charge à chaque regard, alourdit à chaque invective salace, à chaque geste déplacé, jusqu'à ce que tu ploies, que tu te brises. Jusqu'à ce que tu finisses par te haïr d'être belle. Que t'aies envie de te mutiler, de te défigurer. Un miracle qui tourne à la punition. J'en ai pris pour quarante balais, de cette merde. J'ai attendu les rides et la décrépitude comme un soulagement. Ça rendait dingue Simon. Il était prêt à claquer des millions en ravalements de façade, liposuccions, prothèses et injections pour garder son joujou à l'état neuf. Pour pouvoir continuer à charger la mule et à tringler la perfection. Enfoiré de Simon. J'aurais accepté ça si j'avais renoncé à te déplaire, à te frustrer, à te faire chier. J'ai pas aimé être belle. Même si ça m'a procuré cette vie de petite reine, d'insouciance, d'anesthésie, d'emmerdeuse.

Julia était plus belle que moi. Plus belle que tout. Que Rebecca même. Simon l'avait bien compris en lisant ses lettres. Simon l'aurait broyée. Comme il s'est tué à essayer sur moi. Mais j'avais la peau dure de celle qui a perdu Julia. Simon ne savait que posséder. Posséder et consommer. Il ne m'a pas eue. Il a cru, mais non. Il m'a baisée. Mais il ne m'a pas eue. Il s'est fait avoir. Il n'a eu que ma lâcheté et ma patience. Toutes choses bien dégueulasses quand on y pense. Toutes choses qui plaisent aux hommes. Je n'ai pas aimé Julia comme un homme. Je l'aimais.

Sartaj revient avec un plateau de fruits rafraîchis et une coupe remplie de ses pétards atomiques remarquablement roulés. J'en allume un et j'en propose à Rebecca. Elle décline poliment. Elle ne veut pas partir en fumée avec maman. J'insiste. Sartaj approuve. Il agite son pouce pour assurer que c'est de la bombe. Pour la première fois de la soirée leurs regards se croisent. Elle glousse un petit rire cristallin et cède. Au point où j'en suis, soupire-t-elle. Attends mon bébé, t'as encore rien vu. Elle a à peine le temps de porter le pète à ses lèvres que la main d'épice de Sartaj lui tend déjà le feu. La main tremble. Elle s'allume. Le moment approche.

Je lui laisse aspirer la première bouffée avant de lui demander pourquoi elle a accepté que je l'adopte. Elle en aspire une deuxième, plus profonde et plus rapide. Parce que c'est tout ce que j'attendais de la vie, qu'elle me répond avec une voix d'une suavité rauque que je ne lui connaissais pas. Elle ajoute avec ce putain de sourire que j'ai si longtemps détesté : je ne suis pas celle que je croyais.

Mes parents m'ont aimée, élevée, protégée. Ils étaient modestes, travailleurs et bienveillants. Ils croyaient à l'Amérique, à Walt Disney, à Ronald Reagan, au Texas, au Christ Rédempteur. Ils se sont saignés à blanc pour payer mon école d'infirmière. Avec leurs salaires de pasteur et de secrétaire médicale, ça relevait du sacrifice. Ma mère a été soulagée quand j'ai quitté la maison parce que mon père commençait à me regarder bizarrement. Plus mon départ approchait et plus ses œillades en biais lui faisaient froid dans le dos. En me laissant partir seule en Californie, il ne doutait pas une seconde que je finirais par me prostituer. Le jour de mon départ, il est entré dans ma chambre pendant que je bouclais ma valise. Il s'est assis sur mon lit et il m'a fait un sermon en se tordant les mains sur un crucifix. Il a détaillé tout ce que je pouvais avoir d'irrésistible pour un homme. Mes seins, mes jambes, mon cul, ma bouche. Tous seraient prêts à payer pour ça. Très cher. Il a dit que je serais tentée, que l'argent est diabolique. Il a détaillé tout ce qu'ils voudraient me faire, ces porcs. Les pénétrations, les fellations, les sodomies, les partouzes, les entraves et les coups de fouet. À la fin du sermon j'ai compris qu'il bandait. Il restait assis, recroquevillé sur son crucifix, en sanglotant. J'ai pris ma valise et je suis sortie avant de vomir.

Ma mère n'a pas pleuré en m'embrassant. Je lui ai demandé comment elle faisait pour tenir avec cet homme-là. Elle n'a pas répondu. Je n'ai pas cherché à les revoir. Je n'ai pas pris de leurs nouvelles pendant mes études d'infirmière à Santa Monica. Encore moins après. J'ai couché avec tous les types qui me plaisaient, jusqu'à ce qu'aucun ne me plaise. J'ai fait tout ce qu'il craignait, tout ce qui avait fait bander mon père, méthodiquement, systématiquement, avec toute ma rage. Et je m'en suis débarrassée. Personne ne m'a payée pour ça. J'ai fait ça gratuitement, pour lui faire la nique, à lui et à son foutu diable. J'ai été la plus grosse salope de Santa Monica. Il ne l'a jamais su, ni ma mère.

J'ai appris leur mort par un télégramme du comté. Un accident de voiture, stupide comme tous les accidents, au retour de l'office de Pâques. Les freins qui lâchent. Encastrés sous un camion-citerne rempli de pétrole. Le feu. Incinérés pour le même prix. On m'avait écrit qu'ils n'avaient pas souffert. Tu parles. Ils n'étaient que souffrance. J'étais leur fille unique. J'ai dû revenir dans mon bled du Texas pour les formalités et l'inventaire des biens. Une misère. Avec une bombe dissimulée dans leurs misérables vestiges. Une bombe à fragmentation. De celles qui vous laissent en morceaux. Le dossier médical de ma mère, enfoui au fond d'un tiroir ajouré du garde-manger, sous des pommes de terre qui avaient germé. Un dossier épais comme un annuaire. Dedans, des dizaines de compte-rendus d'examens de fécondité. Le dernier daté d'un an avant ma naissance. Elle était stérile comme une pierre. Je ne voulais pas comprendre, j'étais complètement affolée.

À l'enterrement il y avait la moitié de la ville. J'ai joué l'orpheline éplorée pour la galerie. Pour qu'ils se tiennent à distance avec leur chagrin. En vérité j'étais anesthésiée par le choc. Ce n'est qu'en sortant du cimetière, après qu'ils se furent tous essuyé leurs larmes et leurs morves sur mes joues, après qu'ils se furent éparpillés comme des fourmis noires dans la ville, que je suis parvenue à me dire que ces deux cadavres calcinés au fond de leur trou n'étaient pas mes parents. Qu'ils m'avaient menti tant qu'ils pouvaient. Qu'ils m'avaient aimée en me trompant. Qu'ils m'avaient trompée en m'aimant.

Rebecca me sourit en balançant ça. Un sourire d'acier, accusateur. Comme si j'étais du genre à lui faire le même coup. Comme si je lui avais aussi caché des choses en lui disant que je voulais l'adopter. Comme si je portais désormais ce péché sur ma tête par un raccourci de temps et de figure où toutes les mères sont pareillement menteuses. Je ne relève pas. Je ne dois pas. Après tout je suis aussi stérile. Elle devait le savoir, elle a eu accès à mon dossier chez cet enfoiré de Glass, forcément. Elle sait forcément que mes putains d'ovaires ont toujours été ratatinés comme des figues sèches. Et le jour où ça m'a pris, cette fureur d'adoption, je ne pouvais pas imaginer qu'elle avait déjà été abandonnée, recueillie, flouée. Elle, elle ne savait que ça jusqu'au fond du bide. D'où ma déroute. Ce jour-là je me rends compte que je n'avais pas tapé dans le mille, mais au bas-ventre. Un coup de poignard. Son sourire de tueuse me dit qu'elle comprend que j'ai compris. Pour une fois me voilà mouchée comme une connasse prétentieuse. Dans ta gueule mémère. Je lui laisse le silence qu'elle impose. Je lui laisse reprendre son souffle. J'en ai aussi besoin.

Sartaj est en état de sidération, sous la double emprise du récit et de la splendeur de Rebecca. On ne l'entend même plus respirer. Il attend la suite. Moi aussi, en la craignant. Il est temps d'attaquer la vodka. Rebecca me tend aussitôt son verre. Son geste est impératif. Sartaj bondit pour la servir, comme s'il se réveillait d'un cauchemar. Elle descend le premier shot cul-sec et en redemande aussitôt. Sartaj la ressert, fébrile, inquiet. Rebecca attrape un deuxième pète et attend que Sartaj percute. Je la suis, je ne peux que la suivre. Il nous allume et se rassied. Rebecca aspire une longue bouffée de son herbe, les yeux perdus dans le noir de l'océan. Une mouette se pose sur la balustrade, à équidistance de deux torches. Je suis seule à la remarquer. Peut-être une hallucination. Elle lâche sa fiente à la verticale d'une bougie qui crépite, faiblit et s'éteint. S'envole la mouette délestée et la fumée bleue de la mèche se dissout dans la nuit. La chiure aura toujours raison de nos lumières.

51

Tanger, novembre 1961

Maintenant je sais ce que je vaux. Deux dirhams pour un verre, cinq pour le flirt, dix pour la fellation, vingt pour la baise. Les tarifs pour les filles achetées par le patron du Whisky à Gogo. C'est mieux que les viols et les coups, il paraît. Bien sûr les clients payent beaucoup plus, mais c'est ce qu'on nous laisse. On boit et on flirte au bar, jamais aux tables. On suce dans les toilettes des femmes. Pour baiser il y a une clé suspendue derrière le comptoir qui sert à ouvrir la réserve, où on nous a mis un matelas par terre entre les casiers à bouteilles. Quand la clé n'y est pas, c'est que c'est occupé, il faut attendre son tour. On m'a dit de ne pas embrasser quand je baise, pour que le client revienne. On n'a pas le droit de parler aux couples, ni aux Arabes. Seulement aux Blancs qui sont seuls ou entre hommes. Il y a des Espagnols, des Anglais, des Français et parfois quelques Américains. Ils laissent l'argent sur le comptoir et Abdeslam, le grand Berbère qui tient le bar, le ramasse au fur et à mesure qu'on fait les choses.

À minuit on doit danser sur la piste pour se montrer en pleine lumière et que les hommes puissent devenir durs de nous. On ne danse jamais seules bien longtemps. On ne finit jamais avant l'aube et on va dormir quand le soleil se lève. Il y a une chambre sous les toits au-dessus du nightclub qui nous sert de dortoir. Quand on est toutes couchées il n'y a plus de place pour marcher. C'est la grosse Fatima qui nous lave dans la cour, à l'éponge et au savon de Marseille. Parfois elle passe aussi un gant de crin pour qu'on garde la peau douce. Ensuite elle nous rince au jet. L'eau froide nous fait crier et parfois rire. Fatima n'aime pas qu'on rie. Fatima est mauvaise parce qu'elle n'a jamais été belle. Elle frappe celles qui ne se laissent pas laver avec un torchon mouillé. Elle ne doit pas laisser de marques. Si elle pouvait elle m'arracherait la peau pour que je sois blanche. Elle la frotte comme si ma couleur était une couche de saleté. Elle commence à m'insulter dès qu'elle me voit. Elle crache à mes pieds, tire sur mes cheveux quand je ne suis pas coiffée. Je ne comprends pas ses jurons mais ils finissent par former une écume blanche aux bords de sa bouche édentée et elle me rappelle le sorcier en transe quand il avait fumé la poudre des dieux. Elle dort devant notre porte pour nous empêcher de sortir. Elle fait notre lessive et choisit nos tenues. Avant qu'on commence le travail, Abdeslam nous inspecte et insulte Fatima si quelque chose ne lui plaît pas. Il faut que nos seins soient assez cachés pour qu'on ait envie de les voir et assez montrés pour qu'on ait envie de les payer. Les robes et les jupes doivent être assez amples pour qu'on puisse écarter les cuisses sans avoir à les enlever. Assez longues pour qu'il reste quelque chose à découvrir et assez courtes pour le laisser deviner. Abdeslam dit : pour inviter. Quand il est satisfait, Abdeslam nous emmène une par une dans le bureau de monsieur Paul, notre propriétaire, qui est aussi le patron du Whisky à Gogo. Il nous regarde par-dessus ses lunettes et fait un signe pour approuver ou un autre quand ça ne lui convient pas. Je lui conviens toujours, même s'il ne me regarde qu'à peine. Un soir, une fille a dit que monsieur Paul préférait les hommes. Sinon il nous aurait déjà touchées et couchées, puisqu'on lui appartient.

Monsieur Paul ne le sait pas encore mais moi je n'appartiens à personne. J'attends seulement d'avoir assez d'argent pour m'enfuir. Je le cache dans mon matelas, comme toutes les filles. Un jour ils ont enlevé les matelas parce qu'il y avait des colonies de puces, et on a été toutes volées, et il a fallu tout recommencer. Mais on n'a pas d'autre cachette pour l'argent. Tout le monde le sait, tout le monde peut nous voler pendant qu'on essaye d'en gagner. À commencer par Fatima. Je suis sûre qu'elle prend des billets à chaque fille, dans chaque matelas. Trop peu pour qu'on s'en aperçoive. Assez pour nous voler. Jamais de quoi s'acheter cette beauté qui la rend mauvaise.

Je devrais demander à Truman de me garder mon argent. Je peux lui faire confiance, il en a plein. Toujours des dollars. Truman vient du pays où on paye avec des dollars. Il dit : America. Il vient au Whisky tous les soirs depuis des semaines. Il dit qu'il est mon ami. Friend. Je ne sais pas tellement ce que ça veut dire pour lui. Il montre mes jambes de gazelle et il ajoute : princess. Il avale des verres au bar jusqu'à ce qu'il soit ivre et qu'il tombe de son tabouret. Il préfère boire en ma compagnie. Abdeslam me sert en douce du thé froid qu'il a mis dans une bouteille de whisky pour que Truman pense que je bois autant que lui. Une fois Truman a goûté ce que je buvais et il a bien vu que ce n'était pas de l'alcool mais il n'a rien dit et il a continué à payer. Il ne cherche pas à flirter avec moi. Boire, c'est tout ce qu'il fait, mais ça rapporte beaucoup parce qu'il boit énormément avant de tomber de son tabouret. L'autre soir je lui ai demandé avec qui il couchait pour gagner autant de dollars. Il a mis du temps à comprendre parce que je connais peu de mots dans sa langue. J'ai fait beaucoup de gestes. Quand il a compris il a beaucoup ri. Le lendemain soir il m'a apporté un livre. Je n'en avais jamais vu ni touché jusque-là. Il m'a expliqué que c'est avec ça qu'il couche pour gagner des dollars. On a bien ri.

52

31 août 2001

Après avoir sifflé une quatrième vodka glacée sans laisser le temps à Sartaj de la resservir, Rebecca se décide à poursuivre. Après le cimetière je me suis rendue à la maternité publique où ma naissance avait été déclarée. Contre quelques billets une secrétaire m'a ouvert les registres. Elle avait disparu dès le lendemain de l'accouchement. Une Mexicaine. Dans les quinze-seize ans maximum, disait le registre. Sans papiers, sans adresse, sans patronyme bien sûr. Elle n'avait laissé qu'un prénom. Estrella. Mauvaise étoile.

Je ne l'ai pas recherchée. Je n'ai pas voulu savoir pourquoi elle m'avait fait ça. Il m'a suffi de l'imaginer. Je voulais juste être sûre que ma mère n'était pas ma mère. Que les origines sont un jeu de dupes. Qu'on ne sait pas d'où on vient. Tout ce pauvre mystère révélé pour vingt dollars. Et puis j'ai oublié tout ça. J'ai enterré la vraie et la fausse génitrice, les fantômes et les morts. De toutes mes forces. Douze ans d'oubli. Jusqu'à ce jour maudit où une vieille folle propose de m'adopter.

J'encaisse. Sur sa fin de phrase sa voix est devenue murmure. C'est à peine si elle a prononcé adopter. Le volume de ce mot n'a pas dépassé celui de la brise qui fait danser les bougies. On entend le diamant qui tressaute sur la plage de fin du microsillon d'Oscar Peterson. Il compte le silence comme un métronome. Sartaj pose sa main sur celle de Rebecca. On dirait qu'il ne s'en rend pas compte. Elle ne tressaille pas. Avec son accent à déchirer du papier aluminium, il rectifie doucement. Pas vieille folle. Queenie.

53

Tanger, décembre 1961

Truman ne peut pas garder mon argent pour qu'on ne me le vole pas. Dans quelques jours il va rentrer dans son pays pour vendre ses livres et boire encore. Quand il sera parti je ne pourrai plus passer mes nuits à faire semblant de boire du whisky au bar. Je devrai m'occuper des autres clients, qui voudront que je prenne la clé derrière le bar pour me coucher sur le matelas de la réserve et me pénétrer, ou que je les conduise aux toilettes des femmes pour mettre leur dureté dans ma bouche et les vider de leur sève. Je me ferai voler ce que je gagne et je ne pourrai jamais m'enfuir d'ici. Fatima continuera de m'insulter et de cracher. Abdeslam veillera à ce que je porte des tenues qui invitent. Monsieur Paul ne fera pas attention à moi. Et les filles voudront me faire payer ma chance d'avoir eu Truman pendant des semaines et des semaines sans qu'il me touche. Elles feront exprès de me laisser les hommes les plus laids, les plus vieux et les plus violents. Pour que je devienne triste comme elles.

Ce soir Truman est arrivé au Whisky avec un ami. Très jeune et très beau. Très timide aussi. Il me rappelle Nago, sauf que ses cheveux et sa peau sont clairs comme le sable et ses yeux gris comme des nuages de pluie. Il me rappelle Nago et aussitôt ma fente pleure. Ils boivent beaucoup avec moi. Abdeslam est content parce que ça lui fait plus d'argent à ramasser. L'ami de Truman n'ose pas me regarder quand je vais danser. Truman regarde plus son ami que moi. Parfois ils se caressent la main sous le bar. C'est la première fois que je devine la dureté de Truman dans son pantalon. Quand il a bu assez pour tomber de son tabouret, il veut que je m'occupe de son ami et son ami veut soudain partir. Truman le retient par le bras et s'accroche à lui. L'ami reste pour ne pas le laisser tomber du tabouret. Truman lui donne une poignée de dollars et une autre à Abdeslam en lui montrant la clé pendue derrière le bar.

Truman s'est assis par terre dans la réserve, adossé à une montagne de bouteilles vides, pendant que je relève ma robe et que son ami baisse son pantalon. Nous sommes agenouillés face à face sur le matelas encore humide des autres filles. Ses yeux gris de pluie se détournent de ma fente quand je la montre. Il n'est pas dur de moi et jette un œil inquiet du côté de Truman, qui l'encourage d'un geste vague avant de se vomir dessus. On dirait que ça le secoue de sa torpeur d'alcool et il se met à injurier son ami. Truman jette une autre poignée de billets en criant des mots dans sa langue. L'ami aux cheveux de sable me regarde avec des yeux qui demandent asile. Je sais ce qu'il me reste à faire.

54

31 août 2001

Rebecca achève son histoire debout, appuyée à la balustrade, face à la nuit, elle nous tourne le dos. Sartaj s'est tassé sur sa chaise en osier et ne la quitte pas des yeux. Elle parle au Pacifique, à la voûte céleste, aux poissons obscurs. Elle parle à la baie, aux réverbères sur la corniche, aux chiens des collines qui se battent. Elle crache son venin au monde, d'une voix étrangement égale, monocorde, sans le moindre pathos. On dirait qu'elle récite une fiche technique ou une posologie. Les recherches sur l'Internet, les pseudo-vacances au Mexique, les deux semaines d'impasses dans les administrations bordéliques, l'aide enfin du consulat, le guide vénal et tripoteur, le silence des vieux à Puerto Nuevo, et au bout du chemin une tombe blanche dans un cimetière délabré, perché sur la falaise d'où Estrella s'était jetée. Estrella se estrello. Étoile s'est fracassée. Rebecca n'apprendrait rien de plus. Elle pouvait repartir. Il lui fallait juste une vue, un lieu de réalité où s'ancrer.

Et c'est grâce à toi maman que je l'ai trouvé. Je te dois ce lieu. C'est à moi qu'elle s'adresse, bien qu'elle ne se soit pas retournée. Mon nom de mère me gifle à nouveau. Pourtant il me révèle quelque chose de subversif et de jubilatoire que je ne soupçonnais pas. Un euphorisant douloureux. Un mensonge de plus. Je lui demande si elle se fout de ma gueule. Elle se retourne en riant. Je me fous de ta gueule maman depuis le premier jour. Je t'ai aimée à la première insulte.

Fontaine encore. Rebecca lève son verre à ma santé. Sartaj suit avec enthousiasme. On trinque. Surtout moi. Elle me tue, cette petite. Elle me sèche. Je trinque à ma fille. Jamais prononcé ça. Même en rêve. Putain, ma fille. C'est le moment d'abattre mon jeu. Avant qu'il ne m'abatte.

55

Tanger, décembre 1961

Tout s'est passé très vite et très lentement, comme dans un rêve. Aujourd'hui encore je peux voir les fragments de la scène qui volent dans les airs, s'immobilisent et s'entrechoquent comme je voyais mes guerriers dans l'intermittence des rayons de lune fondre sur l'ennemi dans le fracas des lances et des glaives.

Il devient dur dans ma bouche, il a fermé ses yeux. Couché sur le dos, la tête à la renverse, je le chevauche. Il est si beau que ma fente pleure. Je guide sa dureté et je m'empale. Il gémit, on dirait un sanglot d'enfant. J'entends celui de celle que j'ai laissée aux femmes soumises, il y a longtemps. La tête appuyée à une cagette de bouteilles vides, Truman est resté affalé dans son vomi. Il éructe des mots dans sa langue, il bave, cligne des yeux, les écarquille pour ne rien manquer du spectacle. Il dit continue, continue. Je ferme les yeux à mon tour pour invoquer Nago. Il apparaît sur la roche lisse, je suis sur lui, je le fais crier. Truman se met à crier aussi, il a la rage. Il frappe du poing sur le sol. Il dit plus vite, plus vite. Lorsque je rouvre les yeux il est à quatre pattes et s'approche lentement, comme un fauve engourdi par la chaleur. Sa tête est bientôt au-dessus de celle de son ami, qui fronce les paupières pour continuer à ne rien voir, à ne rien savoir, à s'échapper de ce qu'il subit de moi et de Truman. Je cabre mes hanches et j'accélère pour que ça tape fort, pour qu'il m'éventre, pour que son suc jaillisse et m'inonde, pour qu'on en finisse. Il souffle de plus en plus vite, se mord les lèvres pour ne pas crier. Je vois les puces qui sortent du matelas et courent dans ses cheveux de sable. Je vois la bave du visage penché de Truman qui coule sur le visage de son ami. Je vois la bave couler de sa bouche qui se tord et les larmes qui s'y mêlent. Je vois tout ça pendant que je vais jubiler. Pendant que je coule et que je serre. Je vois quelque chose qui brille dans la main de Truman. Il caresse la tête de son ami, il lèche son front, ses yeux clos, sa bouche. Il dit des mots d'amour. Il dit love, il dit sweet heart. Des mots qu'on me dit quand je travaille. L'ami gémit, secoue la tête pour ne pas les entendre. Il tend une main vers moi, à l'aveugle. Ses doigts caressent mes lèvres, ma langue. Je les mange. Je tremble, je m'arque, je crie. Le filament de l'ampoule au plafond entre dans mes yeux, m'aveugle, me brûle. Une détonation. À l'instant de la jubilation. Je suis sourde. L'odeur de poudre.

Lorsque je baisse les yeux, lorsque l'éblouissement se dissipe, ceux de l'ami sont plus gris que les nuages de pluie, écarquillés au plafond. Sa bouche béante exhale une fumée bleue. Une flaque de sang en expansion autour de sa tête lui dessine l'auréole d'un saint de sa religion, comme j'en ai vu dans une église à Nouakchott. Truman laisse glisser son revolver sur le ciment. Il tremble.

56

31 août 2001

Écoutez-moi bien. Rebecca écrase le mégot de son joint négligemment sur la balustrade et se place debout derrière sa chaise. Ses yeux brillent en me fixant. Elle comprend que je ne plaisante pas. Sartaj essuie ses sueurs en sautillant, suspendu à mes lèvres. Il s'est levé par mimétisme et s'est placé pareillement à Rebecca derrière son siège. On pourrait voir son cœur bondir sous son kurta. Il s'agrippe au dossier pour ne pas décoller.

Écoutez-moi bien, parce que dans un moment je ne serai plus en état de vous le dire. Et ce que je dirai dans un moment ne sera pas en état d'être compris si vous ne l'écoutez pas avec attention. Et si vous ne l'entendez pas ce soir, peut-être que demain j'aurai tout oublié. Ou cette nuit. Je laisse un silence avant de poursuivre, question de faire monter la sauce. Je maîtrise encore mes effets, Gliome, tu vois. Merci d'avoir patienté. Allez, ils attendent la suite. Je m'enfile une vodka avant le gros morceau.

Rebecca, Sartaj, vous êtes maintenant mes enfants parce que bientôt je vais devenir le vôtre. Je vais m'absenter. Je serai là, mais absente de moi. Je ne saurai plus qui vous êtes ni qui je suis, ni rien de ce que je vous dis ce soir. Voilà. À cause de la démence d'une vieille bique qui part en vrille, vous devenez mes enfants, mes héritiers. Je vais vous léguer tout ce que j'ai, des montagnes de dollars, cette baraque qui vaut une tonne, sans compter les tableaux, les bagnoles de collection, les droits de trois cents films, un penthouse à Beverly Hills, une villa à Miami et quelques autres broutilles. J'ai signé toute la paperasse nécessaire ce matin chez cette crapule de maître Feuerstein. Sartaj connaît l'adresse. Son numéro est enregistré dans mon téléphone. Il faudra aller le voir dès que j'aurai cassé ma pipe. C'est un gros connard libidineux, mais il n'a pas son pareil pour légaliser au cordeau. Tout sera à vous, en partage équitable. Vous n'aurez plus jamais de souci matériel. Vous aurez tous les autres. Ceux d'être obligés de rien, ni les obligés de personne. De décider de tout ce qui vous concerne. Ce sont les soucis les plus dangereux parce que seul avec une montagne de pognon on peut virer dingo. Je sais de quoi je parle. J'ai pas plus de conseils à vous donner. Changez tout, ne changez pas.

Mais attention. Il y a deux conditions.

57

Tanger, décembre 1961

On est dans la soute. On doit y rester tant que le cargo n'aura pas levé l'ancre. Truman porte toujours son costume éclaboussé de sang. Il s'est recroquevillé entre deux rouleaux de cordages, la tête dans les genoux. À ses pieds un grand sac de cuir qui lui sert de bagage. Je n'en ai pas, je n'emporte que ce que j'ai sur moi. Quelques dollars et la robe courte maculée du miel de l'ami de Truman. Lui son sang, moi son foutre. Je m'étends sur des sacs de toile remplis d'épices. Leur parfum sature l'air tiède. On entend au-dessus de nous des pas qui martèlent le pont en métal. Je suis épuisée.

C'était une course folle dans la panique. Truman a donné à Abdeslam, qui venait de défoncer la porte de la réserve d'un coup d'épaule, tout ce qu'il avait sur lui pour qu'il nous fasse sortir par la porte dérobée qui donne sur une cour, qui donne à son tour sur une autre cour, qui au bout d'un couloir mal éclairé débouche sur la rue des Vignes. On l'a dégringolée en toute hâte jusqu'à la place de France, déserte à cette heure de la nuit. Devant le Café de Paris où ne traînaient plus que des fantômes affalés, nous avons tourné à droite vers la descente au Grand Socco. Quelques enjambées maladroites et on s'est engouffrés dans l'hôtel Minzah, à bout de souffle. Le chaouch a salué cérémonieusement Truman en se disant certainement qu'il ramenait une pute dans sa chambre et qu'il paraissait très pressé de la consommer. Je n'avais jamais vu d'endroit aussi luxueux de ma vie. Je ne savais même pas que ça pouvait exister. Nous sommes à peine restés une minute dans la chambre, le temps qu'il jette des affaires et son argent dans son sac en cuir et qu'il commande un taxi. Je ne comprenais pas encore ce que je faisais là, pourquoi Truman voulait que je le suive, ce que je fuyais exactement. Je n'avais pas eu le temps d'y penser, encore moins de le demander. Je ne le saurai qu'à l'aube, au large des côtes portugaises, quand il trouvera la force et la patience de m'expliquer ce qui m'attendait si la police marocaine m'avait attrapée près du cadavre de son ami. À ce moment-là, il ne dira plus son ami, il dira son amour. My love. Je ne savais pas qu'on pouvait tuer parce qu'on aime.

Le taxi nous a déposés au port. Il y avait de la brume, l'humidité me faisait frissonner. Truman me tenait par la main pour me faire avancer. Contre quelques billets les employés de la douane ont fait comme si on n'existait pas. Contre d'autres billets le capitaine du cargo nous a embarqués.

La sirène du bateau retentit comme lorsque le sorcier soufflait dans sa grande corne de watusi. Un souffle grave qui fait vibrer le corps. Je le vois danser sur les braises en invoquant les dieux, chanter des paroles que lui seul comprenait. Je vois Nago qui regarde son père et son destin, effrayé, et je m'entends rire de sa peur pour qu'elle s'en aille. Je le vois partir vers la rivière où il m'attendra. Où je laverai son pagne souillé pour moi. Où je saurai sa dureté et ses larmes. Où je le noierai dans la rivière et où je le sauverai de sa noyade. Où il renaîtra par ma grâce, où il mourra de mon désir. Où j'étais une petite reine. Il y a mille ans.

Mon cœur se serre et je me réjouis, j'en ai encore un. Le bateau s'ébranle avec des bruits de torsions métalliques, des crissements stridents qui agacent mes dents et crispent mes poings. Au-dessus, les pas martèlent le pont de plus belle, mêlés à des vacarmes de chaînes qui chutent lourdement. Ce sont peut-être les miennes. Truman reste immobile, plongé en lui-même comme Chamah quand il était devenu un lézard de roche par la poudre de ciel que le sorcier lui avait fait fumer dans une sarbacane pour calmer son impatience de moi. Peu à peu ça tangue doucement comme lorsque les vieilles me berçaient pour que la nuit me prenne. Les pas et les chaînes se taisent. Je m'endors. Je veux rêver de là où je vais.

58

1er septembre 2001

Ils n'ont même pas protesté. Ni posé une foutue question. On aurait dit qu'ils s'y attendaient, que ça s'imposait comme une putain d'évidence. Ça m'a gâché mon effet de surprise. Je n'en revenais pas de leur imposer ça sans qu'ils fassent la moindre objection. Sartaj a regardé Rebecca. Rebecca a regardé Sartaj. C'est elle qui lui a tendu une main. Il ne s'est pas fait prier.

Nous sommes partis au petit matin, après une brève nuit à cuver sur la plage. J'ai rêvé de Julia petite, quand nous dormions encore dans le même lit, blotties dans nos sueurs, avant que les règles nous séparent. Je l'ai sentie encore en moi au réveil, dans ma vieille carcasse accroupie devant l'océan vide.

Au volant, Sartaj est calme comme jamais, concentré. Pas de sourire de piano, pas de danse du turban, pas de fichue chanson qui énerve les tympans. La Cadillac décapotée flotte comme un vaisseau sur le bitume surchauffé. Je me suis étendue sur la banquette arrière, les pieds au vent. Devant moi, Rebecca regarde défiler les étendues bleutées du désert de Mojave derrière les verres teintés de ses Wayfarer. Sa main effleure celle de Sartaj sur l'accoudoir central. D'après ses calculs nous serons à Las Vegas dans une heure. D'après les miens, dans deux heures ils seront mariés.

59

New York, 25 novembre 1963

Ils enterrent leur chef clanique aujourd'hui. Truman est hypnotisé devant les images à la télévision. Il dit que c'est la fin du rêve, la mort de l'innocence. Il dit que Jackie a imposé qu'il y ait des Noirs pour porter le cercueil. Pour faire la nique aux racistes du Texas qui ont assassiné son mari sous ses yeux. Truman ne parle que de ça depuis quatre jours. Il dit que Hoover a gagné, que la chasse aux sorcières va recommencer. Je ne savais pas qu'ils avaient des sorcières ici. Il dit : écrivain, homosexuel et marié à une Black, je suis bon pour Alcatraz. J'apprends ces noms au fur et à mesure qu'il les prononce. Jackie, Texas, Hoover, Alcatraz, communiste. Il me les expliquera. Il m'explique toujours tout, avec de la patience et parfois de l'impatience. Je comprends mieux sa langue maintenant, mais je ne sais pas encore la lire. Je le corrige, je ne suis pas black. Pas blanche non plus. Il dit : tu es juste assez foncée pour que les racistes te défoncent. Je n'en ai pas encore vu, des racistes, je ne sais pas à quoi ils ressemblent. En attendant, j'apprends les noms de toutes les choses qui n'existaient pas quand j'étais une petite reine. Lui il dit toujours : princess.

On a dû se marier dès notre arrivée pour que je puisse rester en Amérique. Il a inventé une histoire de réfugiée pour justifier que je n'avais pas de papiers et que je ne comprenais rien à ce qu'on me disait. On m'a donné son nom et pour le reste j'ai gardé mon prénom de nuage, sauf qu'ici ça s'écrit Anwa. On m'a donné un âge aussi, vingt et un ans. Pour que je sois majeure. Sur l'origine ils ont juste écrit : Africa. Mon pays, je n'en sais pas le nom. Truman a dit : tu es américaine maintenant. Je ne sais pas trop ce que ça veut dire vraiment, sinon que je dois m'habiller, parler et manger comme eux. C'était déjà le cas à Tanger, je n'ai pas eu trop de mal à faire semblant de leur appartenir.

Truman n'a jamais reparlé de son ami qu'il a tué d'amour. Je n'ai pas su son nom. Je ne l'ai pas demandé. Mais le gris transparent de ses yeux est resté dans les miens. Le même gris que le ciel des images à la télévision où le cercueil avance sur un chariot noir, tiré par six chevaux blancs montés par six hommes blancs, suivi par un cheval noir, sans cavalier.

60

2 septembre 2001

Passé la nuit au Tangiers, à une table de black jack. C'est un casino que vous ne trouverez pas sur le Strip, ni nulle part à Vegas, il n'existe sous ce nom que dans un film de Scorsese. Un putain de film avec des mafieux féroces comme Simon aimait à en fréquenter pour se faire peur. Simon est mort avant le film et n'a jamais vu De Niro coller des baffes à Sharon Stone et des bourre-pifs à Joe Pesci. En réalité ça s'appelle le Stardust, et ça ne m'étonnerait pas qu'il parte en poussière un de ces jours. Il disparaîtra sûrement dévoré par la cupidité de promoteurs véreux et de gangsters comptables, et à partir de ce jour-là il s'appellera le Tangiers pour toujours. Le nom des fictions survit à celui des choses.

Perdu quelques milliers de dollars à parier sur les cartes et j'en ai gagné le double à miser une seule fois sur la trajectoire incertaine de la petite boule blanche qui tressaute du noir au rouge en évitant la plupart du temps le blanc fatal du zéro. De quoi payer largement le voyage et la suite royale que j'avais réservée pour la nuit de noces. C'est ça, le problème des riches. On a beau perdre, on finit toujours par gagner.

Écœurant, je sais. Une nausée dont la plupart s'accommodent assez bien. Qu'on finit par oublier pour pouvoir en jouir. L'argent.

Pour cinquante dollars, un prêtre déguisé en Elvis a expédié le mariage dans sa chapelle exigüe qui ressemblait plutôt à un back-room de bar à putes qu'à un temple de l'amour conjugal. Une grappe de touristes japonais surexcités bombardait la cérémonie à coup de flashs en poussant des cris de canards en rut. Un Apache en smoking rouge massacrait la marche nuptiale sur un clavier en plastique. Elvis zozotait et avait vraisemblablement fumé des substances illicites. Sartaj avait paumé les alliances achetées un quart d'heure plus tôt à un vendeur à la sauvette. Rebecca s'est coupé deux mèches qu'elle a nouées en anneaux. Le grand n'importe quoi. Si j'avais porté une couche pour vioque je l'aurais inondée tellement je riais. À la place de quoi j'ai copieusement arrosé le parquet. Au moment du baiser rituel Sartaj se mordait les lèvres pour s'empêcher de pouffer. Rebecca n'a pas tenu, pliée en deux. Les Japonais se sont mis à hurler. Ils n'avaient pas eu le baiser des mariés. J'ai arraché le certificat des mains du zozoteur et on s'est crapahutés à toute vitesse avant un nouveau Pearl Harbour. Nos rires, je les emporte. Gliome ne les aura pas.

61

Los Angeles, 10 août 1969

Poignardée seize fois. Elle portait un enfant dans son ventre. C'est ce que disent les journaux de ce matin. Ils disent que Charles Manson est un gourou sanguinaire, le chef d'une tribu d'illuminés. Sur les photos il a les yeux de Chamah quand mes seins ne poussaient pas et ceux de Chahine quand je l'ai égorgé. Ça s'est passé à quelques miles de chez nous, à Cielo Drive. La route du ciel. J'ai appris à lire, pas besoin que Truman m'explique. Il dit que c'est le début de l'enfer, que nous sommes aux portes de la folie. Je ne savais pas qu'il y avait un autre enfer, ni qu'il y avait des portes à la folie. Peut-être que celle de la réserve du Whisky à Gogo en était une.

On vit ici depuis que les livres de Truman se vendent bien. On ne manque de rien et je m'occupe de tout pour qu'il puisse écrire tranquille et dormir à sa faim. La maison est assez grande pour que j'aie ma propre chambre. C'est préférable, surtout les soirs où il rentre accompagné. Truman n'aime pas que je le voie en compagnie des hommes. La plupart du temps il va dans des motels et ne rentre qu'à l'aube. Comme il boit beaucoup d'alcool, il fait du bruit et ça me réveille. Je lui fais à manger avant qu'il ne s'écroule.

Il dort jusqu'à midi, puis il écrit, puis il sort à la recherche des hommes. À part quelques rares invités je ne vois personne. Parfois je sors aussi, le matin quand il dort. Je vais jusqu'à la plage pour regarder la mer et je me souviens de ce matin sur la dernière dune avec la girafe à bosse. Je me souviens de l'immensité de mon désir si violent d'aller jusqu'au bout du monde. Maintenant j'y suis.

Parfois, très rarement, nous sortons ensemble avec Truman, quand il est invité chez des gens riches. Je joue à être sa femme pour qu'il ne soit pas seul. Ce n'est pas très difficile, je copie sur les autres couples et je fais les mêmes gestes et les mêmes sourires. Un soir il est invité chez un producteur de films qui veut lui acheter les mots de ses livres pour en faire des images. Il est prêt à le payer très cher pour ça. Truman m'a dit avant de partir : il faut que je brille par mon intelligence et toi par ta beauté, et de nous deux c'est moi qui aurai le plus de travail. Il a ri mais je n'ai pas compris. Il ne sait pas que c'est un travail d'être la femme d'un homme qui ne la désire pas. Il ne sait pas grand-chose de moi. Il habite avec ses mots et jubile du corps des hommes. Il ne m'a plus jamais demandé de lui servir d'intermédiaire comme avec son ami aux cheveux de sable à Tanger. Il porte toujours son revolver quand il sort la nuit. J'espère qu'il ne les tue pas tous après avoir jubilé. Je n'ai pas vu de sang sur ses habits quand je fais les lessives. Parfois je trouve de la semence séchée comme sur le pagne de Nago quand je le lavais à la rivière. J'ai goûté celle de Truman sur un pan de chemise, et je l'ai trouvée âcre. Son parfum ne m'a pas exaltée comme m'envoûtait la fragrance profonde de Nago qui me retournait l'âme. Celle de Truman sent le chien.

Le producteur qui l'a invité possède une maison magnifique et sa femme est une splendeur virevoltante. Elle m'accueille comme si j'étais un miracle. Elle se montre joyeuse et insouciante comme ils le font tous dans le pressentiment du carnage. Elle dit que nous devons avoir le même âge. Sur la véranda, Truman fait le beau devant le producteur et ses invités. Je croyais que c'était mon rôle. Maintenant je comprends qu'il est ma femme et que c'est à moi d'être l'intelligente. Il boit beaucoup pour faire face, parle fort et rit fort, bientôt il s'effondrera.

Je me mets à l'écart, appuyée à une balustrade qui surplombe la plage. L'océan avale la boule incandescente, l'air devient violet. La femme du producteur s'approche. Elle me sourit en levant son verre pour que nous trinquions. Elle s'appuie à mon côté face à l'océan, son bras effleure le mien quand elle me parle à l'oreille. Elle dit que je suis belle comme une gifle. Elle me dit sa défiance des hommes. Elle me conseille de tenir mes distances. Il faut prendre garde à nos esclaves. La violence leur vient d'être liés à nous par la naissance. Par la fente qui les a jetés dans l'hostilité du monde et par le cordon jamais coupé qui les tient en laisse pour toujours. Par la haine de cette servitude invisible, interminable. Son souffle chante à mon oreille. Elle pose sa main sur la mienne. Si elle savait comme je n'ai plus peur. Elle dit que seules les femmes savent aimer avec le corps. Qu'elles savent s'ouvrir au lieu d'enfouir, se donner plutôt que prendre, accueillir mieux qu'envahir. Qu'elles ne devraient s'aimer qu'entre elles. Je me tourne et ses lèvres sont sur les miennes. Avant que nos langues se touchent elle murmure un prénom qui n'est pas le mien. J'ai oublié le sien.

62

6 septembre 2001

Gliome fait des siennes depuis le retour de Vegas. Il ne se tient plus tranquille comme une promesse en suspens. Rebecca sait quoi faire pour calmer mes maux de tête et mes nausées. Sartaj roule son herbe pour me faire oublier l'oubli qui m'attend. The big one. Il ne devrait plus tarder, d'après ce que dit ce connard de Glass. Quand elle l'a appelé ce matin, il a conseillé à Rebecca de me faire hospitaliser sans attendre. Elle lui a donné sa démission et lui a raccroché au nez.

Pendant les trois jours à Vegas, ils n'ont pas quitté leur suite du Stardust, ils n'en ont fait qu'à leur corps, ils se sont essorés. Je ne comprends pas comment j'ai pu imaginer un couple aussi improbable. Comment j'ai réussi à le provoquer. Le résultat dépasse mes espérances. Bien au-delà de la promesse d'héritage, du désir d'argent. Ils sont en fusion. Ils ne se lâchent plus d'un regard, d'un souffle. La première condition est remplie, à ras bord.

Reste la seconde, moins coton. Au retour, je leur ai donné les billets pour le voyage de noces à Bora-Bora. Le départ est pour demain. Sartaj a fait des bonds, m'a embrassée, embrassé Rebecca, embrassé le ciel et le soleil en chantant Queenie, Queenie, my Queenie, avec son accent à raboter du verre. Rebecca n'a pas arrêté de m'appeler maman, maman, maman en caressant mes mains. Elle pense que ce n'est pas le moment de me laisser seule. Que leur voyage de noces peut attendre. Qu'elle préférerait être là si je pars en vrille. Je lui ai demandé de se calmer, ça devenait un putain de mélo à la con son histoire. Je lui rappelle qu'avec l'âge tout ralentit, y compris l'évolution des cancers. Avec l'herbe magique que Sartaj me laissera, je tiendrai jusqu'à leur retour. Je lui fais ce mensonge et elle sait bien que c'est un mensonge. Pas infirmière pour rien, ma garce.

Au dîner je leur révélerai ma seconde condition.

63

Los Angeles, 26 août 1984

Truman est mort hier matin. Deux décennies de suicides ajournés. Il a pris son temps. Trop d'alcool, de drogues, d'hommes, de succès, de trahisons, de semblants, de nuits sans sommeil et de sommeils sans nuit. Il n'écrivait plus rien depuis des mois, des années. Même s'il s'enfermait dans son cabinet le plus clair de son temps. Parfois il venait pleurer dans ma chambre, les nuits où il n'avait plus assez de force pour sortir ou pour respirer. Un soir il m'a dit c'est toi qui m'a sauvé Anwa, j'aurais dû mourir ce jour de décembre à Tanger, il y a plus de vingt ans. J'aurais dû mourir à sa place. Je me suis tué ce jour-là. Truman n'a pas prononcé son nom. Comme si à l'appel de son nom le bel amant aux yeux de pluie pouvait réapparaître avec son trou dans la tête. Comme s'il fallait ce silence pour le contenir hors de la vie et qu'il ne vienne pas ravager le peu qu'il restait de Truman. Il s'est recroquevillé sur mon lit comme dans les cordages du cargo quand il s'éloignait de Tanger. Je l'ai veillé jusqu'à ce que l'alcool finisse par l'emporter dans un sommeil de pierre et de sueurs.

Je l'ai veillé pendant vingt-deux ans. Ma soif du monde était une soif de veille. Je n'ai été ni sa femme ni son esclave ni rien où l'appartenance pouvait me tenir. Je suis restée Anoua, le nuage qui veille. Truman disait souvent que je pouvais partir quand je voulais, que je devrais, qu'il y avait d'autres choses à sauver dans le monde qu'un fantôme d'écrivain. Je ne voulais pas partir, j'étais déjà au bout du monde, je voulais le veiller.

Il m'interdisait de lire ses livres, il disait qu'il aurait honte si je lisais, parce que moi je savais. C'est arrivé quand même, parce que je voulais savoir ce que je savais. C'étaient des histoires de fuite, d'ailleurs, de liberté indomptable, d'abandons. Qui finissaient mal ou s'arrêtaient en cours, brusquement, sans fin. Sur un coup de tête ou un coup de dés. Qui me laissaient sur ma faim. Il n'a jamais su que je l'avais lu. Je ne voulais pas qu'il ait honte devant moi de ce qu'il n'avait pas été.

Maintenant me voilà sans lui dans notre grande maison de Bel Air où ne s'affairent que des employés des services funéraires. On l'embaume silencieusement. Selon ses dernières volontés. Toujours son souci de faire le beau, de fanfaronner jusque dans son cercueil. Je ne suis pas beaucoup plus seule que quand il était là. Après l'enterrement, je vendrai tout et je m'en irai. Je veux faire tous les voyages qu'il a écrits dans l'immobilité de son cabinet. Je n'ai plus personne à veiller.

65

9 septembre 2001

Deux jours qu'ils se sont envolés pour Bora-Bora. Seule avec Gliome, avec le Pacifique, avec mes mouettes. J'avais perdu l'habitude, avec Sartaj qui surgissait à tout moment, au moindre de mes désirs, avec Rebecca et l'ouragan de ces derniers jours. Je retrouve le rocking-chair, le crépuscule bruissant d'écumes et les mouettes qui chient sur ma terrasse.

Rebecca a laissé tout ce qu'il faut pour le tenir à une distance respectable. Pour qu'il soit sage le temps de leur voyage. Il y a des boîtes de comprimés partout, à portée de main, où que je sois dans la maison. Dans le compartiment à beurre du frigo, elle a disposé sous emballage stérile une ampoule, des aiguilles et une seringue. Pour que je m'en souvienne au moment venu, elle a collé des Post-it dans toute la baraque, chiottes compris. Est-ce que je saurai encore lire lorsque Gliome aura gagné. Est-ce que je saurai encore le sens des mots. Est-ce que je me souviendrai qu'il faut mettre l'aiguille au bout de la seringue, casser l'extrémité de l'ampoule, pomper le chlorure, tenir la seringue vers le bas pour éviter les bulles d'air, injecter lentement. Est-ce que je me souviendrai de tout ça au moment du court-circuit, juste à temps, juste avant la coupure générale. Ce sont les seules craintes qui me restent, qui me tiennent encore en éveil.

Sartaj m'a confié la grosse boîte de métal verte qui contient les herbes du paradis. Il a roulé quelques pètes d'avance, assez pour tenir une semaine sans toucher terre. Je ne m'en prive pas. Mais j'en abuse pas non plus jusqu'à m'abrutir. Faudrait pas que Gliome m'attrape par surprise, complètement défoncée. Je veux garder la main jusqu'au bout. Jusqu'à ce que je décide de la passer. Et j'ai encore quelques putains de souvenirs à liquider avant de partir. J'irai m'en griller un sur la terrasse lorsque j'aurai fini d'éplucher les légumes.

Rebecca et Sartaj n'ont pas touché à leur assiette. Ils avaient deviné la seconde condition. Ils en avaient parlé. Ils étaient d'accord. Décidément je suis de plus en plus prévisible. Le dîner a fini aux mouettes. Le lendemain matin ils sont partis sans me réveiller, comme je leur avais demandé. J'ai horreur de ces putains d'effusions où on ne se lamente que sur soi-même.

66

Los Angeles, 10 avril 1999

Ça a commencé il y a quelques semaines, lorsque je suis retournée à Tanger. Je ne savais plus où j'étais, dans quelle ville, dans quel pays. Je me trouvais dans un cimetière en plein soleil de midi, devant deux petites tombes d'enfant grisâtres, sans inscription, ni nom, ni date, couvertes de feuillages et d'épines de pin séchées qu'une légère brise déplaçait. J'ai cru d'abord à un coup de fatigue, à une insolation, à un rêve. J'ai fouillé mon sac à main pour savoir comment je m'appelais. Je n'ai pas reconnu la photo sur mon passeport. Un homme en djellaba est accouru, qui disait dans un anglais approximatif qu'il me cherchait partout. Mon guide marocain, se prétendait-il. Je lui ai demandé où on était, ce qu'on faisait là. Il m'a certainement prise pour une folle ou une droguée. Il m'a appris qu'on était au cimetière juif de Tanger et qu'il avait trouvé la tombe que je cherchais. Je l'ai suivi sans comprendre.

Je ne me souvenais pas de la raison de ma présence dans ce cimetière. Jusqu'à ce que je me retrouve devant une stèle de marbre blanc, dans le carré réservé aux suicidés. Le guide a expliqué que dans le rite juif les suicidés étaient mis à part, qu'on les enterrait au hasard, là où un cerceau lancé en l'air retomberait sur le sol. Je ne connaissais pas de suicidé. Le nom sur la stèle ne me rappelait rien. L'épitaphe était gravée en hébreu et en anglais. Ce sont les dates qui m'ont transpercée. 25 mai 1939 - 17 décembre 1961. Mort à vingt-deux ans. Le guide avait pris ses renseignements auprès du gardien de cimetière. Fils du consul des États-Unis. Tout est revenu d'un coup. L'auréole de sang, les cheveux de sable, les yeux d'eau. Abdeslam qui avait fait passer le meurtre pour un suicide. Je savais enfin le nom que Truman ne prononça jamais. Simon Hirschfeld.

Au retour j'ai été prise de nausées et j'ai vomi sur les babouches de mon guide. Il m'a déposée à l'hôtel Minzah. J'avais loué la suite de Truman, je l'avais demandée expressément. Je me souvenais du numéro sur la porte, bien que n'y étant passée qu'une minute, dans une panique totale, il y a presque quarante ans. Tout était changé dans la suite, je ne reconnaissais rien. La rénovation n'avait conservé que la forme arabisante des fenêtres et la vue sur la baie. Je me suis rendu compte que le visage de Truman devenait flou dans ma mémoire, plus encore que sa voix. Celui de Simon mort restait net comme une photographie.

67

10 septembre 2001

Elle a laissé des Post-it partout. Sur tous les objets, avec leur nom. Sur le frigo et la table de la cuisine pour les actions à ne pas oublier. Manger, pisser, dormir, sortir les poubelles, boire souvent, etc. Un pense-bête géant en dizaines de petits rectangles jaunes et orange, avec son écriture régulière d'écolière studieuse. Des guirlandes de mots dans toute la baraque. Sartaj a prévu les repas à réchauffer, qui attendent dans leurs Tupperware entassés dans le congélateur. Tous étiquetés avec le détail de la recette. Ils ont dû y passer la nuit avant de s'envoler.

Je me pose là où il est écrit rocking-chair, sieste, plaid. Il fait un peu frais ce soir. Julia frissonnait facilement, sa chair de poule me faisait rire. Sa peau si douce devenait un cactus duveteux. Il y eut aussi cette splendide mulâtresse dont le duvet des bras s'est dressé lorsque je l'ai embrassée. J'étais encore fringante à cette époque. Nous nous sommes aimées un temps je crois. Elle avait épousé un homosexuel notoire et scandaleux. Simon était toujours là à ce moment, toujours au cul des starlettes et autres putes du septième art. Je l'ai aimée à la gloire de Julia il me semble. À sa place aussi. C'était douloureux et imbécile. Ça ne pouvait pas durer. J'ai oublié son nom.

Tiens ce soir c'est un goéland qui s'y colle. Mastoc l'oiseau. Il a posé ses pattes sur le Post-it marqué mouette. Usurpateur. On se demande comment il tient sur la balustrade sans perdre l'équilibre. On se demande comment tout ça tient sans s'effondrer. Il ne bouge pas une aile. Ne souille pas les géraniums. Il me mate d'un air grave, dressé sur son importance. Il se la pète. Je n'aurais pas dû allumer un deuxième pétard, la tête me tourne. À moins que ce soit Gliome. Je le sens qui prend ses aises. Qui s'ébroue. Viens mon fiancé, mon enfant, mon avenir. Viens je suis prête.

68

1er janvier 2000

On aurait dit qu'ils avaient hâte de changer de siècle. Qu'ils voulaient oublier pour que s'ouvre une ère nouvelle, que se réalisent des espoirs inouïs. On aurait dit qu'ils échappaient à l'apocalypse. Toutes les chaînes de télévision s'y étaient mises. Difficile d'y couper. À force d'en changer je suis tombée sur un reportage qui montrait la famine au Sahel. Je me suis demandé si son visage était parmi ces faciès osseux aux lèvres décharnées. Je me suis demandé si ce n'étaient pas ceux de ma tribu millénaire aux traditions ancestrales. Ou ceux d'une peuplade des dunes où régnait encore une petite reine.

Quand ils ont montré des cimetières d'enfants et leurs ossements éparpillés, j'ai éteint le poste et je me suis couchée. La nurse est passée pour les médicaments.

J'ai rêvé de Nago. Et dans mon rêve il vivait.

69

sur le rocking-chair je me suis réveillée avec une mouette sur la tête elle s'est soulagée dans mes cheveux et cette connasse s'est envolée en gueulant putain je dois ressembler à rien parfois je me demande à quoi ressemblerait Julia si elle était encore là on aurait le même âge forcément les mêmes rides et les mêmes chevilles qui se tordent elle aimerait les enfants peut-être et aussi l'océan et le ronflement des vagues dans la nuit elle aimerait fumer des pètes et des Marlboro sur la terrasse et rien n'aurait eu lieu si cet enfoiré d'ivrogne de père cet enculé que j'aurais dû crever sur-le-champ dès la première fois qu'il l'a touchée rien n'aurait eu lieu que le lieu où je l'aimais mais pas de l'amour mièvre qui dégouline des films de Simon non l'amour physique primal comme des animaux sauvages avec ce même respect des flairs et des rites que les enfants merde comment s'appellent les enfants déjà ils sont tout là-bas derrière la mer il reviendront bientôt et je te les présenterai mon amour ma sœur songe à la douceur ils sont si beaux mais moins que toi toujours et maintenant je dois te dire un secret c'est moi qui l'ai dézingué le paternel il était dans la grange avec sa corde sur un tabouret là où tu t'es pendue il était là et il chialait comme une tarlouze ce connard il ne m'a pas vue arriver dans son dos il se pissait dessus cet enculé il pissait son alcool sur le tabouret et il sentait la merde et il se lamentait comme une ordure qui sait plus que faire de soi et il disait ton nom et dans sa bouche c'était à gerber il promettait des trucs intenables comme de te rejoindre cette raclure de fumier qu'il crame en enfer sale fils de pute et ses putains de lamentations ça durait des plombes sans qu'il se décide à en finir avec sa pourriture de vie alors j'ai couru et j'ai donné un coup de pied dans le tabouret et je l'ai regardé crever en se chiant dessus en se débattant en l'air comme un pantin ridicule et il s'est mis à bander comme un porc jusqu'à ce qu'il éructe son dernier souffle et là j'ai joui et j'ai dit ton nom dans cette jouissance

70

11 septembre 2001

Je marche sur une plage inconnue aux premières lueurs de l'aube. Je ne dors plus depuis des lustres. C'est l'heure où le ciel et l'océan sont encore confondus par l'obscurité. C'est l'heure magique où finit un monde, un moment suspendu où tout peut basculer mais comme un miracle qui perdure par un fil rechignant à se rompre, l'instant ravit la mémoire, ne laissant que des traces parfaites, des empreintes lavées de toute tragédie, en l'inondant de bribes arrachées au ciel, de restes d'éternité pareils à des astres qui brillent plus fort à la seconde de leur mort. Du côté des collines des chiens aboient. Je ne sais plus où est ma maison. À quoi elle ressemble. Je l'ai cherchée toute la nuit.

Je distingue un nuage solitaire qui se défait à l'horizon, il s'étiole comme les noms que j'oublie. Je pense à Chamah dur comme un lézard de pierre, à Nago envenimé en moi, à mon village d'un autre monde, au désert immobile, à la montagne blanche où sommeillent les scorpions, aux chemins qu'on ne rebrousse pas. Je pense aux cargos, aux sentinelles qui veillent. Aux petites tombes jumelles dans un cimetière de Tanger. Sur quelle plage de quel océan je marche. Je ne reconnais aucun chemin qui me ramènerait chez moi.

Une lumière violette dessine peu à peu les reliefs des résidences dont les pilotis défient le sable en soutenant de vastes terrasses à fleur d'eau. Il y en a peu que je devine, trois ou quatre, espacées par les dunes, un massif, ou des saillies de rochers. Sur une véranda j'aperçois une silhouette sur un rocking-chair, coiffée d'un grand chapeau blanc. Je lève une main dans sa direction. La silhouette ne répond pas à mon signe. Peut-être ne m'a-t-elle pas vue. Il fait encore si sombre. Je m'approche.

Je suis encore trop loin pour distinguer ses traits. Son grand chapeau frémit à la brise. Il est en plumes, me semble-t-il. Je m'approche encore, jusqu'au bas de l'escalier de bois qui monte à la terrasse. D'ici je ne vois que ses pieds immobiles à travers la balustrade, sur lesquels pend un plaid. Je l'entends ronfler. J'hésite à l'interpeller ou à me racler la gorge pour manifester ma présence. Et si je la réveillais de son plus beau rêve. Et si ça la tuait, de se réveiller. Je ne sais pas comment, mais je suis certaine qu'on peut mourir d'un réveil trop brusque.

Je ne fais rien pour l'instant. Je vais attendre que la lumière augmente. Je ne sais pas pourquoi j'attends au bas de ces marches, de cette maison que je connais pas. Je ne sais pas ce que j'attends au lieu de passer mon chemin et d'aller droit dans la mer me faire manger chez les poissons.

Cette nuit je me souviens que j'étais partie pour marcher dans les vagues, plonger, me noyer. Je ne sais pas si c'est un souvenir ou si j'invente ça à l'instant pour me soutenir de quelque chose, pour trouver une raison d'être ici, sur cette plage inconnue, au pied de cette maison étrangère, à ne pas savoir ce que j'attends. Le soleil va finir par se lever. Je m'étends sur le sable en l'attendant, et je fais un rêve.

Les marches délavées par les embruns craquent sous mes pas. Je me hisse sur la terrasse. Elle est là, je la vois de dos. Coiffée d'un grand chapeau à plumes, elle ne bouge pas. C'est une vieille femme comme moi. Son chapeau déploie soudain deux grandes ailes frémissantes. Une mouette, posée sur sa tête, la couve. Je la contourne pour la voir en face. Ses yeux sont deux trous noirs. L'oiseau picore ses orbites. Un jus visqueux se répand jusqu'aux commissures de ses lèvres entrouvertes. Je touche sa peau d'écorce, elle est encore tiède. Je tressaille à l'envol de la mouette, qui file vers le large en laissant sur sa chevelure bleutée une traînée fumante. L'impulsion de l'envol fait basculer le rocking-chair qui oscille maintenant comme si elle était vivante. Sa tête s'affaisse légèrement sur le côté. La fiente dégouline sur sa robe d'été. La brise soulève le plaid et offre au ciel ses jambes décharnées, enserrées de serpents. Un courant d'air fait grincer la porte de la cuisine.

Des pas, une musique me réveillent. Il fait jour. Je transpire et je frissonne à l'ombre de l'escalier en bois. Cette femme doit savoir où nous sommes, où je dois aller pour rentrer chez moi. Je monte. Des notes de piano déversent une cascade qui emporte tout sur son passage. Je suis déjà venue ici. Je reconnais cette balustrade où une femme m'a embrassée il y a mille ans, en m'appelant par le prénom d'une autre. Le mien, je ne le sais plus. La porte de la cuisine est ouverte. J'entre. Je l'aperçois, elle est assise devant son téléviseur sur le canapé du séjour. Je m'approche, je m'assois à côté d'elle comme si j'étais invitée. Ça ne la surprend pas. Le son du téléviseur est coupé. Ses yeux y sont rivés. Elle ne me regarde pas mais sa main se pose sur la mienne. Elle murmure : Julia. Peut-être que je m'appelle comme ça.

Sur l'écran, deux tours sont en flammes à New York. Transpercées par leurs ventres. Il y a des boîtes de comprimés sur la table, à côté d'une bouteille de vodka et d'un gros carnet noir. Posés sur un guéridon, une ampoule brisée à une extrémité et une seringue. Sur l'écran une des tours s'effondre sur elle-même. L'autre, identique, continue de brûler. Je prends le carnet noir sur la table et je l'interroge du regard pour savoir si je peux. Elle acquiesce sans se tourner, les yeux fixés sur l'écran. Je feuillette les dizaines de pages noircies d'une écriture tantôt calme et régulière comme celle d'une écolière, tantôt heurtée, gribouillée, sauvage. Des mots et des noms défilent, que je reconnais parfois sans savoir les situer. Peut-être saura-t-elle me répondre. Elle a écrit je suis menteuse. À qui ment-elle. Lorsque je me tourne vers elle pour l'interroger, ses yeux se sont fermés et sa bouche reste ouverte. On dirait qu'elle dort. Sa main a relâché la mienne. Je reprends la lecture. Je m'impatiente. Je vais à la dernière page, à la dernière ligne, je lis la dernière phrase :

Je vais à la dernière page, à la dernière ligne, je lis la dernière phrase.

Achevé d'imprimer en juin 2017
par Normandie Roto Impression s.a.s.
61250 Lonrai
N° d'imprimeur : 1702204

Imprimé en France

MIXTE
Papier issu de
sources responsables
FSC® C003309

Les papiers utilisés dans cet ouvrage
sont issus de forêts responsablement gérées.